神偷阿嬤再次出擊！

GANGSTA GRANNY STRIKES AGAIN!

大衛・威廉（David Walliams）著
東尼・羅斯（Tony Ross）繪
朱崇旻 譯

晨星出版

David Walliams

大衛・威廉幽默成長小說

神偷阿嬤　午夜幫
臭臭先生　壞心姑媽
小鬼富翁　冰原怪獸
巫婆牙醫　鼠來堡
爺爺大逃亡　瞪西毛怪
壞爸爸　皇家魔獸

大衛・威廉繪本

愛嚇人的蹦蹦熊
飛天企鵝傑洛尼莫
第一個登陸月球的河馬
學校裡有蛇
動物合唱團
小怪獸不搗蛋

David Walliams

大衛・威廉糟糕壞系列

糟糕壞小孩
髒兮兮

糟糕壞小孩
氣嘟嘟

糟糕壞小孩
鬧哄哄

糟糕壞老師
兇巴巴

糟糕壞父母
亂糟糟

糟糕壞寵物
淚汪汪

蘋果文庫 140
大衛·威廉幽默成長小說 13

神偷阿嬤再次出擊！
Gangsta Granny Strikes Again!

作者：大衛·威廉（David Walliams）
繪者：東尼·羅斯（Tony Ross）
譯者：朱崇旻

責任編輯：謝宜眞、呂曉婕 | 文字校對：謝宜眞、蔡雅莉
封面設計、美術編輯：鐘文君

負責人：陳銘民 | 發行所：晨星出版有限公司
台中市 407 工業 30 路 1 號 ｜ TEL：（04）23595819 ｜ FAX：（04）23595493
E-mail：service@morningstar.com.tw
行政院新聞局局版台業字第 2500 號 ｜ 法律顧問：陳思成律師

讀者服務專線 TEL：02-23672044 / 04-23595819#212
FAX：02-23635741 / 04-23595493
E-mail：service@morningstar.com.tw
網路書店 http：//www.morningstar.com.tw
郵政劃撥：15060393（知己圖書股份有限公司）
印刷：上好印刷股份有限公司

出版日期：2022 年 04 月 01 日 ｜ 定價：新台幣 320 元
再版日期：2023 年 05 月 25 日（三刷）

ISBN 978-626-320-092-0
CIP 873.596 111001155

獻給我超棒的媽媽，
同時也是我們家的神偷阿嬤。

SAMANTHA STEWART
出版經理

VAL BRATHWAITE
創意總監

ELORINE GRANT
藝術指導

KATE CLARKE
藝術指導

MATTHEW KELLY
藝術指導

SALLY GRIFFIN
設計師

GERALDINE STROUD
我的公關主任

TANYA HOUGHAM
有聲書製作人

David Walliams 大衛·威廉

感謝各位喬裝大師：

ANN-JANINE MURTAGH
執行出版

CHARLIE REDMAYNE
執行長

東尼・羅斯（TONY ROSS）
繪師

PAUL STEVENS
出版經紀人

HARRIET WILSON
我的編輯

KATE BURNS
美術編輯

自從小班失去親愛的神偷阿嬤到現在已經過了一年，
黑貓的傳奇卻沒有消失！

目錄

女王陛下

來見見故事中的角色

小班

我們的主角是個十二歲男孩，平凡無奇的他經歷過一場不可思議的冒險—在世人尊稱黑貓的神偷阿嬤幫助下，小班差點偷了倫敦塔的王室御寶。不過呢，小班現在已經不是國際珠寶神偷了，他現在要專心實現自己遠大的夢想，成為水管工。

老媽

琳達白天在美甲店上班，晚上是交際舞的頭號舞痴。她最最最愛的電視節目是《群星尬舞擂臺》，最愛的職業舞者是法拉法拉里，她還把整個家布置成供奉法拉法拉里的神殿。琳達恨不得讓獨子小班忘了當水管工的夢想，成為法拉那樣的交際舞冠軍。

老爸

彼特在當地超市當保全人員，但是他跑步速度太慢，所以過去十年來只抓過一個小偷，對方是個偷了人造奶油之後想推著助行架逃走的老頭子。老爸也熱愛交際舞，這是太太傳染給他的愛好，現在夫妻倆動不動就在家裡練舞。

拉吉

拉吉經營以亂七八糟著稱的拉吉書報攤 (Raj's News)，是全鎮最受歡迎的店舖老闆，大家都喜歡他莫名其妙的優惠和過期的糖果。拉吉從以前就是小班的好朋友了，而在小班失去阿嬷以後，兩個人關係又更好了。小班難過時，拉吉總是會用荒謬的笑話或免費的巧克力讓他破涕為笑。

帕克先生

帕克先生是老愛多管閒事的鄰居，他是退休的少校，現在負責經營守望相助計畫的下托德 (Lower Toddle) 分部。守望相助計畫是一群老人家組成的團體，目標是注意社區附近有沒有竊賊，不過帕克先生把守望相助當成了偷窺別人的藉口。這位好管閒事的鄰居對小班特別有意見，他認定小班和阿嬷偷了王室御寶，可是一直沒有人相信他。現在，帕克先生要來報仇了！

法拉法拉里

法拉是超受歡迎的電視節目《群星尬舞播臺》的一位舞星，這位來自義大利的舞池之王噴了一身紅木色的仿晒劑，頭髮往後梳成了閃亮的油頭，他還擁有滿口亮白刺眼的牙齒。他常穿著鮮豔的成套舞衣，看起來像是裹著一身包裝紙的糖果。

愛德娜

　　小班在阿嬤的喪禮上認識了愛德娜，她是阿嬤的表妹。愛德娜很喜歡小班，過去一年來他們兩個成了好朋友，小班每個星期天都會去愛德娜的老人之家喝茶吃蛋糕，邊玩拼字遊戲邊回憶往事。

圖書館員

　　這位女士從以前就一直在圖書館工作，她對小班存有疑心，每次小班去圖書館，她都會緊盯著他。

女王

不用看介紹，你也知道女王就是女王。在小班和阿嬤去倫敦塔、試圖把她的王室御寶偷走的那一晚，女王和小班祖孫見上了一面，祖孫倆的情誼深深感動她，於是當場赦免了他們。

管家芭樂 (Butler the Butler)

芭樂先生是白金漢宮的管家，有著有趣的姓氏。芭樂先生年紀非常非常老，從女王還是小女孩的時候就一直忠心耿耿地侍奉她了。

法克警官

小班和阿嬤在偷王室御寶的路上遇到了皮西法克，這名警察看到阿嬤把代步車開上高速公路的時候攔下了他們，沒想到祖孫倆成功騙了他，他最後還載小班和阿嬤去倫敦塔呢！

米莉森

　　阿嬤知道小班很愛她的代步車，於是在遺囑中把代步車留給了孫子。小班把它停在車庫裡。

黑貓

？

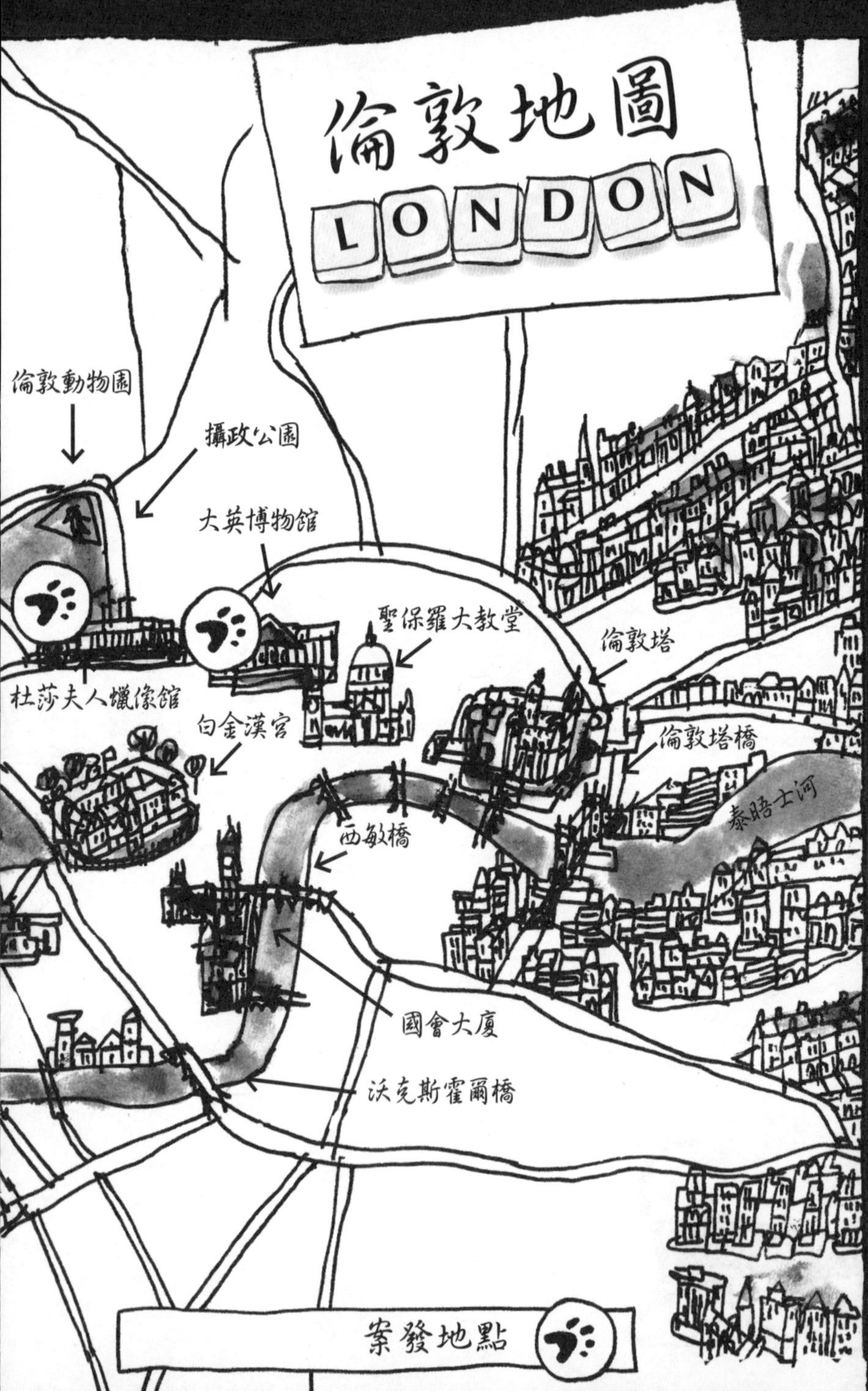
倫敦地圖
LONDON
倫敦動物園
攝政公園
大英博物館
聖保羅大教堂
倫敦塔
杜莎夫人蠟像館
白金漢宮
倫敦塔橋
泰晤士河
西敏橋
國會大廈
沃克斯霍爾橋
案發地點

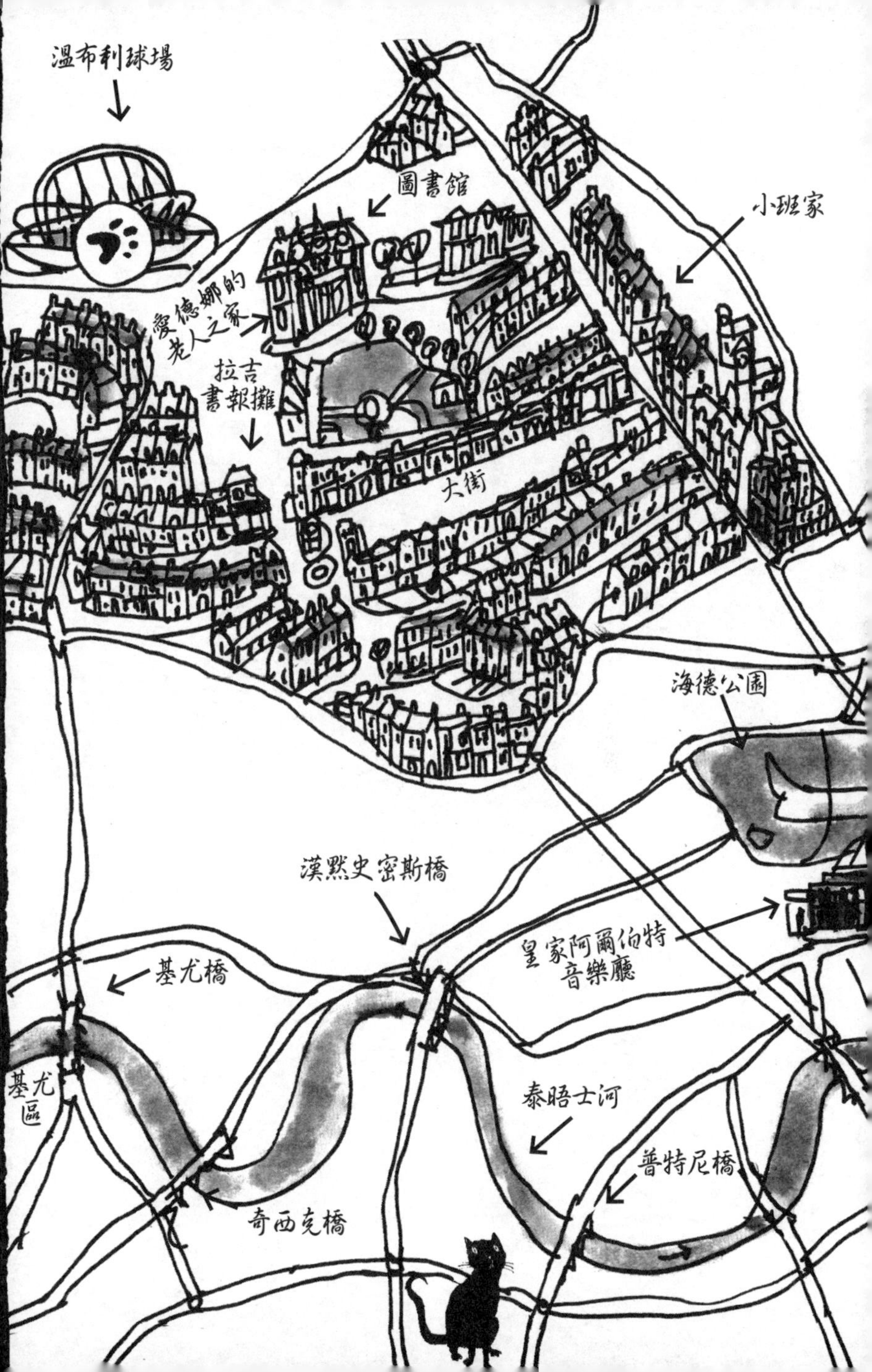

温布利球場
圖書館
小班家
愛德娜的老人之家
拉吉書報攤
大街
海德公園
漢默史密斯橋
皇家阿爾伯特音樂廳
基尤橋
基尤區
泰晤士河
普特尼橋
奇西克橋

第一部

黑貓回歸

1 一束美麗的甘藍菜

「**甘藍菜？**」小班身後傳來某個人的聲音。

男孩站在墓園裡，面前就是阿嬤的墓碑。從阿嬤去世到現在已經過了一年，小班帶了一束美美的**甘藍菜**來紀念她。

小班轉過身來，看到一張熟悉的臉：阿嬤的表妹，愛德娜。去年聖誕節參加阿嬤的喪禮時，小班認識了愛德娜，兩個人不知怎地成了朋友。現在，小班每週會去老人之家跟愛德娜聊聊天——聊天內容通常是阿嬤——每次老人之家的水管出問題他也會幫忙，所以他在那邊很受歡迎。

愛德娜是典型的老太太。

「喔，妳好啊，愛德娜。」小班回答。「妳怎麼會來這裡？」

厚厚的鏡片，害她
看起來眼睛凸出
滿頭灰髮
和善的臉
助聽器，常常發出尖銳的
叫聲，害附近所有人耳鳴
假牙
用過的衛生紙，
塞在袖子裡
粉紅色毛衣
手提包裡放了
一包糖果
印花連身裙
薰衣草
護足霜的味道
卡其色絲襪
就算沒有要去購物，她還是
會推購物車出門
好穿的鞋子

老太太握著一朵紅玫瑰，臉上帶著哀傷的微笑。

「喔！這個啊，親愛的，我每個星期都會來一趟，在我丈夫長眠之處放一朵玫瑰。你怎麼帶了一束**甘藍菜**過來呢？」

「這是給阿嬤的，她超愛**甘藍菜**。」

愛德娜露出懷念的表情。「對啊，我記得你阿嬤以前來找我喝下午茶，它們都吵得要命呢。」

「**甘藍菜**怎麼會說話呢！」

「不是，我是指你阿嬤吃完以後，屁屁發出的聲音，就像是……」

「鴨子呱呱叫的聲音！」小班興奮地說。

「真是恰當的比喻呢，親愛的！」

「**叭！叭！叭！**」他在墓園小徑上走了起來，每走一步就發出**叭**一聲，模仿阿嬤放屁。

兩個人忍不住哈哈大笑。

「哈哈！」

一滴眼淚滾下了小班的臉頰，他不確定那是開心還是難過的眼淚，可能都有吧。阿嬤去世的時候，最難過的人就是小班了——祖孫倆雖然年紀差很多，卻是全家關係最親近的兩個人。阿嬤死去時，小班感覺世界彷彿要停止轉動了，但世界還是照常運轉下去，小班還是得照常完成每天的例行任務，例如：

刷牙

上學

洗澡

寫作業

還有讀《水管工程週刊》。

可是，他總覺得少了什麼。阿嬤走後，他一直覺得好像有一部分的自己也不見了。

「我怎麼在哭？」他吸著鼻子說。

愛德娜從袖子裡抽出用過的衛生紙，幫小班擦了擦臉。

「因爲你愛她，悲傷就是愛的代價啊。唉唷我的老天啊，你可是她最愛的小寶貝喔！小班，她超愛你的，每次提到你都口若懸河地講個不停呢！」

男孩抬頭望向天空。「阿嬤現在是在天上看著我們嗎？」

「一定是的。」愛德娜回答。「而且，我猜她看到你成爲這麼善良的少年，一定覺得很得意——你看看你，不僅把我照顧得很好，連我的水管都受了你不少關照呢！」

「阿嬤是很特別的人，跟一般阿嬤不一樣。她是我的……」

小班遲疑了一下，他本來想說的是「**神偷阿嬤**」！

「是你的什麼呢，親愛的？」愛德娜問他。

「沒什麼。」小班低聲說。他必須守住阿嬤的祕密，

就算對方是愛德娜，是阿嬤最好的朋友，他也不能說出去。除了小班以外，沒有人知道阿嬤曾經有個不爲人知的身分——代號黑貓的國際珠寶大盜。應該說，除了小班以外，世界上只有另一個人知道眞相，那個人就是女王陛下——在那個命途多舛的夜晚，小班和阿嬤溜進倫敦塔要偷王室御寶，結果被女王逮個正著。

「親愛的，你是不是有什麼話想告訴我……」

「以後再說吧。」小班回答。「那我跟平常一樣，這禮拜天同一個時間去找妳喔。」

「我會準備好**拼字遊戲**的！別忘了帶穆雷薄荷糖啊！」

「知道了！」

小班走出了墓園，愛德娜微笑著對他揮揮手，然後把手裡的紅玫瑰放在亡夫的墓碑上。

就在這時，小班瞥見一隻黑貓從阿嬤的墓碑後面溜出來。牠的動作像黑豹一樣。黑貓轉過頭，直視著男孩「喵嗚」了一聲。

「喵嗚！」

小班後退兩步想摸摸牠，貓咪卻輕巧迅速地跳上了墓園周圍的石牆。

然後牠縱身一跳，

就這麼

消失了。

2 自以為是

叮！

門上的鈴鐺響了起來，小班像在跳華爾滋舞一般，用華麗的動作走進書報攤。

「啊！小班啊！這不是我最喜歡的客人嗎！」櫃檯後喜孜孜的男人大聲說。拉吉就像巨大的軟糖寶寶一樣，總是帶著大大的笑容，身上沾了薄薄一層糖粉。

「嗨，拉吉！」小班說。「新的《**水管工程週刊**》來了嗎？」

「別管什麼U型管、水槽和栓子啦！」拉吉高聲說。「你沒看到新聞嗎？」

「什麼新聞？」

「就是那個新聞啊！」

「什麼是那個新聞？」

「就是那個那個新聞啊！」

「什麼是那個那個新聞？」

「圖坦卡門法老王的面具——」

拉吉戲劇化地頓了頓。「——被偷了！」

報紙的頭版寫得清清楚楚。

「那個面具一定有好幾百萬塊的價值吧！」

小班驚呼。

「好幾十億！」

「好幾兆！」

「好幾兆億！」

「真的有『兆億』這種說法嗎？」小班問道。

每日新聞

史上最大竊盜案！

圖坦卡門法老王的死亡面具被偷了。面具在不久前修補過，倫敦大英博物館向開羅的埃及博物館借了面具來展示，結果死亡面具在昨晚消失了。這可能是史上最大的竊盜案，因爲那副面具是無價之寶，它有超過三千年歷史，當初是古埃及少年法老王圖坦卡門墓裡的陪葬品。死亡面具又大又重，是黃金做的，上面還鑲了各式寶石。法老王在十八歲就英年早逝了，這副面具是要讓他帶到死後世界的陪葬品，它是世界上最著名的文物之一，珍貴到沒有人能估測它的價值。

「這我就不確定了，不過一定有好幾兆兆這種說法。」

叮！店門的鈴鐺又響了，小班和拉吉馬上往門口看去，發現店門開著，門口卻沒有人。

「剛剛是誰？」小班嘶聲說。

「沒有人啊。」拉吉回答。

「不可能沒有人。」

「我沒看到人進來或出去啊。」

「那不然是誰？」

「只是突然吹了一陣風而已啦。」拉吉邊說邊走過去關門。

小班往店裡的幾條走道看了一遍，沒有看到任何人。

他壓低聲音。「那是誰偷了圖坦卡門的面具？」

「沒有人知道，不過小偷的膽子真的很大，還留了線索。」

「什麼樣的線索？」

「我聽廣播報導說，小偷用**拼字遊戲**的字母在犯罪現場拼出了線索。」

男孩瞪大雙眼。阿嬤以前最愛玩**拼字遊戲**了。

「字母拼的是什麼字？」

「ㄇㄧㄠ。」

「喵？」

「喵！就像貓的叫聲一樣：喵！」

小班驚呆了，這聽起來很像是和小偷身分有關的線索耶。

「小班，你還好嗎？」拉吉問他。

「我沒事。」他撒了謊。

「你怎麼一臉快昏倒的模樣！」拉吉開始快步在店裡走來走去找東西。

「來，你聞聞這個特效薄荷糖，馬上就會打起精神了！」

男人只差沒把整包糖塞進男孩的鼻孔了，小班深吸一口薄荷味。

「不可能啊。」小班喃喃自語。

「什麼不可能？」

「不可能是眞的！」

「是眞的啊！你看！電視新聞也都報得沸沸揚揚的！」

拉吉邊說邊敲了櫃檯後面架子上的小電視，黑白螢幕上閃過新聞快報。新聞主播宣布道：「現在爲您播報最新快訊。案情有了戲劇化的發展，圖坦卡門的面具——」

「喔，天啊！他們一定是找到面具了！」拉吉高呼。

「還是沒找到……」

「那有什麼好報導的。」拉吉嘀咕著關了電視。

小班開始沉思。圖坦卡門面具是無價的文物，放在守衛嚴密的博物館裡，會偷這種東西的人非黑貓莫屬了。除了傳說級別的國際珠寶大盜以外，還有誰能大膽完成這種任務呢？現場甚至還有用拼字遊戲字母拼出的ㄇㄧㄠ呢。那不是線索，而是對警察的挑釁，犯人彷彿在說：「你們不可能抓得到我！」

但——這是很大的「但」[1]，小偷不可能是小班的神偷阿嬤，因爲阿嬤已經去世一年了。

這是個巨大的謎團，小班非常想解謎。

「小班，你還記得一年前發生的事情嗎？之前不是有人把一堆無價珠寶放在慈善店鋪的門口嗎？」拉吉問他。

「放在餅乾盒裡對不對！我當然記得了。」男孩回答。

那是他某一晚在阿嬤家廚房找到的珠寶。就是因爲那一晚的大發現，引發了後來的大冒險！

阿嬤口口聲聲說那些是毫無價值的假首飾，她說自己根本就不是什麼黑貓。

但是，那其實是阿嬤的**雙重詭計**！

小班後來才發現，那些其實都是價值好幾百萬塊的寶貝，後來那些錢都

1 不是「蛋」，這兩個ㄉㄢˋ是很不一樣的東西，千萬別搞混了。

拿去幫助老人家了。他阿嬤眞的是**神偷**喔！

「前陣子大家都在討論這件事，說那些一定是國際知名大盜偷來的珠寶！」拉吉說。「可是沒有人知道那個大盜叫什麼名字！」

「那還能叫國際知名大盜嗎？」

「好啦，你這個是以爲是的小子！」

「是『自以爲是』啦！」

「不給你優惠了喔！」

「可是，圖坦卡門法老王的面具不可能是被同一個人偷走的。」

「你又怎麼知道？」小班身後傳來一個聲音。

男孩驚恐地轉過身，和好管閒事的死對頭面對面站著，鼻子都快碰到對方的鼻尖了。

「**帕克先生～！**」

他驚呼。

3 一灘麻煩

帕克先生是史上最愛管別人閒事的人了。

身爲退休少校的他，現在專門管理當地社區的**守望相助計畫**下托德分部，這群人常常注意社區裡有沒有小偷。可是，帕克先生做得很過分，他所有人都要監視，不管是誰都不放過。

之前小班和阿嬤試圖偷走**王室御寶**時，帕克先生還差點害祖孫倆陷入一大灘麻煩。結果呢，那晚到場的警察都不相信帕克先生的說詞，他被嘲笑了一頓，小班和阿嬤也沒有被逮捕。這件事過後，帕克先生就一直對小班心懷怨念，他下定決心要讓全世界知道小班是策劃竊盜行動的罪犯。

「你還沒回答我的問題，」愛管閒事的鄰居用鼻音說，「你怎麼會這麼瞭解圖坦卡門面具失竊的事情？」

「呃……」小班結結巴巴地說。「我什麼都不知道啊！」

「你剛剛明明不是這樣說的！」

「有嗎？」

「沒錯！」

「啊，是帕克先生啊。」拉吉直勾勾地盯著男人說。「我最討厭的客人上門來了呢！」

帕克先生和平時一樣戴著捲邊平底帽、穿著雨衣，腳上則穿著擦得雪亮的棕色雕花皮鞋。聽到拉吉這句「問候」，他的臭臉變得更臭了。

「哼。」帕克先生說。小班不確定他這是什麼意思，不過聽上去不太開心。

「我要去檢舉你！」

「有什麼好檢舉的？」書報攤老闆問他。

「你店裡在賣過期的巧克力！」帕克先生從櫃檯抓起一條巧克力，邊揮著巧克力邊說。

「拿過來讓我看看！」拉吉從男人手裡搶過巧克力。

書報攤老闆看了看包裝紙。「也才過期十年而已，還是能吃啊！」

帕克先生臉上浮現不懷好意的笑容。「好啊，那拉吉先生，你現在就把它吃掉啊！」

「我吃？」

「沒錯！就是你！」

拉吉臉色驚慌地看著小班，向男孩求助，但小班只聳了聳肩。拉吉搖搖頭，拆開巧克力包裝。

「你看它放這麼久，巧克力都變成**白色**了！」帕克先生大聲說。

「它本來就是白色的。」拉吉撒謊。「這是白巧克力。」

「可是包裝寫的是『黑巧克力』耶。」小班一臉無辜地補充道。

「小班，你就不能說些對我有幫助的話嗎！」拉吉一面說，一面啃了一

小口發霉的巧克力。

「巧克力放久了，會不會跟乾掉的貓大便一樣變成白色？」小班問道。

「你是在幫倒忙吧！」

「**吃下去！**」帕克先生命令他。

可憐的拉吉含淚繼續啃了下去，努力啃著早在多年前就死去的巧克力，沒想到他吃著吃著，突然覺得這種乾乾、粉粉、嗆嗆的味道也不錯吃。

「唔，其實很好吃嘛！果然還是陳年巧克力比較棒！你也嚐嚐吧！」

帕克先生聽了大發雷霆。「這不是重點！小班，你是不是知道昨晚那樁竊盜案的內情？給我全部說出來！圖坦卡門面具失竊案和那個銀髮惡棍——你阿嬤——的做案風格很像！或者說，是她的**同夥**幹的好事！」

小班心虛地吞了口口水。「你在說什麼啊？我聽不懂耶。」

「班傑明．赫伯，你別想裝傻。」

拉吉突然舉手。「你們兩個在說什麼，我完全聽不懂！」

帕克先生瞇起發紅的雙眼。「你這隻小蚯蚓，給我從實招來。」他對小班說。「你昨晚去了什麼地方？」
「我昨晚一直在家裡，修理我家廁所的馬桶啊！」小班氣急敗壞地說。
「哼！還修馬桶咧！說什麼鬼話！」
「這不是鬼話，我說的是實話！」
「你有不在場證明嗎？」
「什麼？」
「有沒有人能證明你當時在家！」帕克先生大吼。
「那就只有我的馬桶了，可是馬桶不會說話。」
「我的會耶！」拉吉跳出來說。「我昨晚一屁股坐到馬桶上，它好像還痛得叫了一聲！」
「昨天深夜，有人穿了一身黑跑去大膽行竊。」帕克先生一面說，一面指向報紙頭版上的照片，那是博物館模糊不清的監視器畫面。
「我平常都不會穿黑色啊！」小班抗議道。
「我逮到你們的那一晚，你和你阿嬤不就穿了一身黑嗎！」

「除了那天晚上以外，我都不穿黑衣服的！」

帕克先生上下打量小班。「你現在不就穿了黑襪子嗎！」

「其中一隻是深藍色。」

「你的內褲搞不好是黑色的！」

「我的內褲是咖啡色好嗎！」小班回答。

「很明智的選擇。」拉吉喃喃自語。「我也都穿咖啡色內褲，免得屁屁突然來一陣**驚雷**[2]！」

「別再說什麼驚雷了！小子，你給我聽好了……」帕克先生湊上前，直勾勾地盯著小班的眼睛。「我會緊盯著你的！」

他繼續目不轉睛地盯著小班，同時用戲劇化的動作大步離開，結果因爲走路沒看前方而撞上旋轉卡片架。

咚！

他滑倒了。

啡……

一張張賀卡天女散花般飛到了空中……

刷

全部撒在帕克先生身上。

「好痛喔！我的屁屁！」帕克先生倒在地上大呼小叫。

一張**早日康復**卡落在他臉上。

「看來不用寫卡片給你了！」小班開玩笑說道。

「賀卡現在都有打折喔！」拉吉跟著說。「買一百三十七張送一張！」

「你們兩個笨蛋，快扶我起來啦！」帕克先生怒吼。

小班跟拉吉扶著他的腋下把他撐了起來。

「嗚！」帕克先生雙腳落地時又痛得叫一聲。「你們兩個野蠻人，還不快放開我！」

小班和拉吉困惑地互看一眼，根本不曉得自己爲

2　你查查威廉大辭典——也就是全世界最棒的自創辭典——驚雷這個生詞的意思是「像打雷一樣的巨響」。

什麼突然變成野蠻人了，但他們還是聽話地放開了帕克先生。

「你這次別想再用謊話一手遮天了！我們走著瞧！」帕克先生大步走出小店。

叮！

拉吉把翻倒的旋轉架立了起來，小班幫忙把賀卡塞回展示架上。

「剛剛到底是怎麼回事啊？」拉吉問他。

「我也不曉得。」小班撒謊道。

「別這樣嘛！我是你的拉吉叔叔耶，你有什麼祕密都不用瞞著我。」

「我又沒有什麼祕密！」

「我們每個人都有祕密啊！是跟你阿嬤有關的祕密嗎？」

「不是！」小班回答，不過他話說得太快了，容易滋生疑竇。「我得趕快回家了，不然老爸老媽會擔心。」

「也是，你快回家吧。要不要順便幫你媽媽把《交際舞月刊》帶回去？她都會訂月刊，而且這個月的封面照是法拉喔！」

封面照的確是《群星尬舞擂臺》的舞星，只見一臉洋洋自得的法拉對讀者送了個飛吻。

「嘖！怎麼又是他。」小班嘀咕。「好啊，我幫她拿回去。」

拉吉在亂得出名的店裡翻找一陣，終於找到一本雜誌。「交際舞月刊？交際舞月刊？交際舞月刊你在哪裡？啊！找到了！果眞在冰櫃裡！幫你保鮮了喔！」

說完，他把雜誌交給小班，雜誌冰到冒起了白色寒霧。

嘶嘶！

小班把冰凍的雜誌夾進《水管工程週刊》裡，免得別人以爲他愛看《交際舞月刊》。他愛的是浮球閥，不是那種舞廳亮片球啊！他把買雜誌的錢放在櫃檯上。

「錢放在這裡囉，拉吉！」

「我的白巧克力現在都有特惠喔。」

「不用了，謝謝。我不愛吃白巧克力。」

「我偷看一眼。」拉吉說。他拿起櫃檯上一塊白巧克力，拆開包裝。「這條才過期二十年而已呢，而且——你看，你運氣多好！這條白巧克力變成咖啡色了！」

小班可不想冒險。「我真的不用了。謝啦，拉吉！」

「真是的，這年頭的小朋友怎麼都這麼難搞！」書報攤老闆咬了一口粉的白巧克力。「**好吃耶**！我知道了——如果白巧克力變咖啡色，我就用黑巧克力的包裝把它們包起來，那變成白色的黑巧克力就用白巧克力的包裝包著。我真是絕頂天才啊！」

「提醒我以後再也別在你這邊買巧克力了！」

「那要不要別的優惠啊？」

「還有啊？」小班無奈地問。

「我還有一些萬聖節賣剩的華麗服裝喔！」

「不用了，謝謝。」

「小班，你不是從以前就一直想打扮成漂亮的小公主嗎？」

「並沒有！」男孩堅決地回答。

「是喔！我有耶！那你想不想打扮成龍蝦？」

拉吉店裡的確有一件巨大的紅龍蝦服裝。

「說來奇怪，我並不想！」小班這樣回答。

「龍蝦裝買九送一喔！」

「再見啦，拉吉！」

「再見！」書報攤老闆高聲說。「你可是錯過本世紀最划算的優惠了喔！」

叮！

4

飛奔的郵筒

小班走到店外，站在拉吉的紅色里來恩特知更鳥[3]旁，拉吉幫這輛舊三輪汽車取了名字，叫「**拉吉飛車**」，這時他突然看見奇怪的東西，路邊有個郵筒，但奇怪的是，小班來的時候那邊並沒有郵筒啊。郵筒怎麼可能在短短幾分鐘內憑空出現？但是他很快就把這個想法放到了一旁，邁開腳步往家的方向走去。但是，在轉身的同時，小班感覺郵筒也跟著動了。他加快腳步，突然轉身去看，郵筒跟上來了。小班跑了起來，回頭時發現郵筒也跑了起來！怎麼會有**飛奔**的郵筒追著他跑！

他低頭一看，注意到郵筒下面有兩隻擦得雪亮的棕色雕花皮鞋，他認得那雙鞋……

那是帕克先生！愛管閒事的鄰居在跟蹤他！

小班跑得慢，學校辦越野賽跑的時候他通常都用走的，很多時候到隔天才會通過終點。話雖這麼說，他發現自己只要稍微努力，還是有辦法跑得比假扮成郵筒的退休老頭子快一點。小班拔腿狂奔，切西瓜穿過公園，穿過了遊樂場。天色黑了，公園管理員正要鎖上大門。

「公園關門了！」他對小班大喊，但小班沒有停下腳步。郵筒就跟在後方不遠處。

「那邊的郵筒，公園關門了啦！」

「我是守望相助計畫派來的臥底！別拆穿我的身分！」厚紙板做的郵筒裡傳出叫喊聲。

小班跳過圍籬進到遊樂場，郵筒**跌跌撞撞**地摔了進來。

3　英國汽車公司生產的一款三輪汽車。

砰！

小班急著閃避郵筒，趕緊跳上鞦韆、溜下溜滑梯、爬上攀爬架。小班運氣不錯，帕克先生的郵筒投信口太小了，他沒辦法看得太清楚，結果郵筒在黑暗中蹣跚地跑來跑去，最後重重撞上攀爬架。

框啷！

郵筒倒在了地上。

帕克先生像倒地不起的**甲蟲**一樣，四腳朝天在地上**滾來滾去**。

「你這個笨蛋，快幫幫我啊！幫幫我啊！」郵筒裡傳出呼聲。「這可是**機密任務呢！**」

「那你要讓我幫你啊，紅色大白痴！」

公園管理員彆扭地扶著郵筒站起來。小班偷笑一聲，然後穿過樹叢逃走了。

窸窣——、

小班身上黏著樹枝和樹葉，看起來就像一團樹叢，但是他繼續跑。

他一路狂奔，心臟也在狂奔，腦子裡的各種想法也在狂奔。帕克先生雖然很奇怪，但是他說得有道理，圖坦卡門面具失竊案確實和黑貓的犯案手法很像。

明明是嚴密防守的建築，竊賊還是大膽地進去偷竊了。

深夜的竊盜案。

穿著一身黑的人影。

被偷的東西是超級有名的無價之寶。

現場還有用**拼字遊戲**字母留下的線索。

而且，最重要的是，這感覺是單純爲了冒險而犯的竊盜案。

小偷就算把圖坦卡門面具偷出來，也不可能把它賣掉。面具這麼有名，全世界都知道

它失竊了，怎麼會有人願意買呢？就算把面具買下來，你也不可能拿出來展示或是轉賣給別人，否則就會被抓去坐牢，一輩子都別想出獄了！

阿嬤對小班說過，她偷珠寶純粹是爲了刺激，所以她偷來的東西一件都沒賣。問題是，阿嬤已經去世一年了，而且小班昨晚眞的是在家修馬桶啊。假如圖坦卡門面具眞的是他偷的，他怎麼可能不記得！

儘管如此，他還是沒有擺脫麻煩。帕克先生堅信犯人是小班，小班擔心自己找不到眞正的犯人，就會被抓去頂罪！搞不好帕克先生這就會如願以償，終於有機會看到小班被關進大牢了！

就在他以爲事情已經糟到了谷底時，小班看見他家的燈光、聽見家中傳出的音樂。這表示老爸老媽又在練舞了……

太恐怖了～太恐怖了啊啊啊～

小班往回看，沒看到跟蹤他的人影，但以防萬一他還是溜進小巷、爬過一堵牆，然後一路切過鄰居的後院，跳過一道道籬笆之後來到自己家後院。室外現在已經一片漆黑，不過屋子裡閃爍著舞廳亮片球的光點和五顏六色的燈光，爸媽最愛的《群星尬舞擂臺》主題曲大聲播著，音量大到整棟房子都在震顫。

噠啦啦拉！

小班把整張臉貼到玻璃拉門上，往客廳望去。老爸老媽穿著成對的舞衣，老媽穿著一件及地的紫緞亮片晚禮服，老爸則穿著黏滿亮片的紫緞勁裝，褲頭還繫了腰帶。赫伯夫妻打扮成了職業舞者的樣子，但實際上他們離職業等級還差得遠呢，他們只擅長把舞伴從客廳的這一頭甩到另一頭而已。

砰砰！

扶手椅被撞倒了。

框啷！

咖啡桌被掀翻了。

噹啷！

檯燈整個頭下腳上了。

在小班驚恐的注視下，爸媽開始跳災難般的舞蹈。

老媽抓著老爸雙腳腳踝，把他整個人甩到空中，
然後開始甩著老爸在客廳裡轉圈。問題是，
她轉得實在太快了！

咻咻咻咻咻咻……。

老爸成了一道殘影！

老媽手上黏著超級長的假指甲，
恐怕隨時會不小心放開手。

小班用力敲著玻璃門，大喊：
「住手啊啊啊！」

「啊啊啊啊！」老媽放聲尖叫。
她看到屋外黑暗中突然出現
會說話的樹叢，嚇得不小心
放開了老爸的腳！

滑溜！

「啊啊啊啊啊啊啊啊啊啊！」

老爸尖叫著

飛了出去。

咻咻咻咻咻咻咻咻……。

5

頭號偶像

小班站在玻璃門的另一側，無助地看著父親像巨大的紫色飛盤一樣，被甩到客廳的另一邊。

嘩嘩嘩嘩嘩嘩～。

他頭下腳上地落在了沙發上。

咻砰！

沙發被他撞得整個往後倒，老爸也跟著倒了。

咚砰！

就在這時，《群星尬舞擂臺》主題曲播到了華麗麗的結尾：**登登**——！

老媽開了後院玻璃門的鎖，小班推開拉門。

「喔喔，小班！我都沒看到你！你怎麼打扮成樹叢的樣子啊？」

「這是最近流行的新潮裝扮！」

「還有，外面這麼暗了，你怎麼不進來？」

「呃，我是在欣賞你們的舞姿。」他撒謊道。「老爸還好嗎？」

「哎呀！我有一片指甲不見了！」老媽邊說邊在地毯上找了起來。「快幫我找找！」

小班看見壁爐前一片超長、超閃亮的紫色假指甲。

「在這邊！」

「好孩子！」老媽撿起假指甲，黏回自己手上。「你有幫我拿《交際舞月刊》嗎？這個月的封面照是我的法拉喔！」

「有啊，老媽，在我這裡！」小班才剛說完，老媽就從他手裡搶過雜誌，一臉嚮往地盯著封面照。

「喔喔，我親愛的小法拉！」她嗲聲說。

「老爸還好嗎？」

「喔！他沒事啦！這已經是今天第十次了！真是的，他的腳踝每次都會放開我的手。」

「呃呃呃——」沙發後面傳出呻吟聲。小班匆匆跑過去。

「老爸？你還好嗎？」

「我的膝蓋啊！」老爸一臉痛苦地嗚咽道。

「從他單膝下跪向我求婚那一天到現在，他那個膝蓋的毛病就沒好過。我記得他求完婚以後，我還得把他從地上拉起來呢！」老媽說。

「沙發倒在我的膝蓋上了！誰快來扶我起來啊！拜託你們了！」老爸哀求道。

小班和老媽合力把老爸拉了起來。

「嗚嗚嗚！」老爸把腿撐直的時候尖叫一聲。

「彼特，你這又是怎麼了？」老媽問他。

「琳達，我的膝蓋終於不行了！快讓我坐下！」

能坐的家具現在都倒在地上了，老媽只好扶著他走到咖啡桌前。老爸想要坐下，結果被桌腳戳到了屁股。

「呀啊啊！」他尖叫。「我的屁屁啊啊啊！」

對了，咖啡桌現在是四腳朝天的狀態。

小班用盡全身的力氣把扶手椅搬起來，然後扶著父親坐下。

「嗚嗚！」老爸痛呼一聲。

「爲什麼、爲什麼、爲什麼啊！我爲什麼要和你這個膝蓋有毛病的人結婚！早知道就該趁機跟法拉法拉里結婚了！」老媽說。

法拉法拉里是《群星尬舞擂臺》最有人氣的職業舞星，也是老媽心目中的頭號偶像。老媽和英國大部分女人和很多男人一樣，是那位義大利交際舞冠軍的腦粉，她收集了各種法拉法拉里的紀念品，這或許是全世界最壯觀的收藏了。

除了貼滿牆壁的法拉法拉里照片、海報和畫像以外，爲了騰出空間貼舞星的照片，小班的照片全都被撤下來了，老媽還收藏了：

法拉親筆簽名的自傳：《史上最偉大的舞星》（可惜法拉簽名的對象不是老媽，是「柯林」）……

法拉在《群星尬舞擂臺》第一集穿過的襪子（沒洗過），而且有裱框……

一隻法拉法拉里公仔，可以調動作（被稍微啃過）……

法拉的一瓶香水，名叫男人香……

一罐法拉的耳屎……

《群星尬舞擂臺》官方出品的馬桶墊，還附了張法拉的頭像……

法拉的單人狂舞巡演節目單，節目標題是

「我！我！我！」……

法拉法拉里的一根腋毛，

是被某個狂粉拔下來的……

法拉七年前在一間餐廳吃剩的披薩餅皮，

上面還有他的齒印……

還有法拉剪下的一小片腳指甲，是去年《群星尬舞擂臺》

巡演期間在飯店廁所撿到的。

「妳什麼時候有機會跟法拉結婚了！」老爸高呼。

小班點點頭。

「妳就只有在小班參加舞蹈大賽的時候見過他一面而已！而且他那時候

是被踢踏舞鞋敲暈，妳不過是幫他做人工呼吸罷了！」

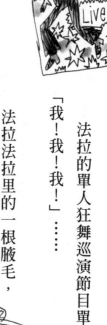

「法拉喜歡我，我感覺得出來！」

「他那時候可是不省人事耶！」

「他是見了我的美貌，所以驚訝到暈過去了！」

小班聽老媽滔滔不絕地說著法拉的事情，都快無聊死了，於是他趕緊轉移話題。「你們有聽到圖坦卡門面具被偷的消息嗎？」

「當然有囉！」老爸說。「電視上鬧得沸沸揚揚呢！」

「到處都是這件事的新聞！」老媽跟著說。「去哪都會看到！他們怎麼不幫那個圖坦什麼王的買個新面具算了？」

「你們覺得是誰偷了面具？」小班問。

老爸想了想，回答道：「是小偷吧？」

「老爸，我知道是小偷啦！重點是，你們覺得是誰？」

「我只知道那個人的**拼字遊戲**字母組少了五個字母，不可能拿到三重疊加分了！好孩子，你幫我把褲管捲起來好不好？」

這可不容易，畢竟老爸的紫緞長褲實在太緊身了，簡直像是噴在老爸腿上的噴漆。最後，小班用擠出最後一點牙膏的技巧，把老爸的腿從褲管裡擠了出來。

「痛啊啊！」褲管滾過他像軟爛番茄的膝蓋時，老爸痛呼一聲。

「喔喔，可憐的老傢伙！它看起來好慘喔。」老媽說。

「我下週沒辦法去皇家阿爾伯特音樂廳跳舞了！」老爸哭喊一聲，接著開始不受控地啜泣。「嗚！嗚嗚！嗚嗚嗚！」

「皇家阿爾伯特音樂廳？這是怎麼回事？」小班問道。那是倫敦的知名建築之一，常被稱作「英國的村公所」，很多世界明星都在那邊表演過。小班作夢都沒想過爸媽會有去皇家阿爾伯特音樂廳表演的機會。

「我們本來想給你驚喜的！」老媽說。「我們知道你超愛**交際舞**……」

小班盡量配合演出。「喔對。我超愛。它幾乎跟**水管工程**一樣棒。」

「孩子啊，水管工程不過是你的白日夢罷了。」老爸說。「你要考慮實際面向，想個備案啊。」

「交際舞就是不錯的備案！」老媽補充道。「我和你父親今年要參加交際舞大賽，所以幫你買了觀眾席最前排的票當聖誕禮物！我們要去皇家阿爾伯特音樂廳跳舞喔！而且是在**女王**面前跳舞喔！」

小班驚呆了。老爸老媽怎麼可能有資格參加交際舞大賽？看了他們的舞蹈演出以後，如果你真的非常想誇讚他們，除了「熱情」以外應該也說不出什麼好話了吧。

「班傑明，你是在震驚什麼！」老媽說。

每次小班惹她生氣，她都會叫他「班傑明」。

「這個，我只是，那個……」小班結結巴巴地說。

「那個什麼！給我說清楚！」

老爸看著太太。「琳達啊，妳在填申請表的時候寫了一點點謊話呢。」

「我可能有寫說我們贏過一些交際舞獎盃吧。」

「你們沒贏過比賽，哪來的獎盃！」小班回道。

「目前是沒有啦。」

「你們不是說過不可以撒謊嗎！」

「小孩子的確不可以撒謊，可是大人撒謊就沒關係了。」

老爸插嘴說：「你母親寫說我們是外赫布里底群島非常有名的交際舞二人組。」

「外赫布里底群島？」小班已經快說不出話來了。「你們根本就沒去過蘇格蘭，更不用說是外赫布里底群島了！」

「她說我們是外赫布里底群島版《群星尬舞擂臺》的職業舞者！」

「那地方哪有辦《群星尬舞擂臺》？」小班問道。

「沒有啊！」老媽回答。「但這就是計畫的精妙之處了！這樣主辦單位就沒辦法驗證我們的身分了！」

老爸微笑著點點頭，小班嘆了口氣。老爸老媽都瘋了！

「我可不打算錯過在**女王陛下**面前大放異彩的機會！」老媽說。

「抱歉啊，琳達，妳不想錯過也得錯過了！」老爸不高興地說。「我膝蓋現在這個樣子根本沒辦法跳舞嘛。」

老媽的眼睛頓時淚光閃閃。

「老媽，真抱歉。」小班拉著她的手說。「現在要找替代的舞伴陪妳參加比賽，應該已經太遲了吧？」

「唔，說不定還不算太遲。」她突然盯著小班說。男孩轉向父親，只見老爸也緊緊盯著自己。

「妳該不會是要找……」小班期期艾艾地說，「我吧？」

爸媽點點頭。

「不不不不不不不不不不不不不不不不不不不不不不不不不不不不不不不！」他高呼。

6 餅乾盒

「我絕對、**絕對**、**絕對**不會再跳舞了！」小班大喊。

「連陪自己親生母親跳舞也不要嗎？」老媽央求道。

「我特別不想跟自己親生母親跳舞！跳舞本來就夠奇怪了，跟老媽跳舞更更更奇怪！」

「班傑明我告訴你，你這個年紀的男孩子整天晚上玩U型管才最奇怪怪[4]！」

「我是在處理水管堵塞問題啊！」

4 請參考威廉辭典，這是真的瞎掰的詞喔。

「不准在你母親面前說髒話！」老爸責怪道。

「水管堵塞又不是髒話！你們聽我說！我絕對不會在女王面前跟老媽跳**交際舞**的！」

老媽轉頭看向窗戶。

「老媽，妳還好嗎？」

「我只是眼睛進了灰塵。」她說完就開始假哭。「嗚！嗚！嗚嗚！」

小班看向老爸，老爸似乎比他更不知所措。

「晚安！」小班高聲說完就快步穿過客廳的門，跑上樓回到自己房間。

他開了電燈。

喀擦！

小班房間裡到處都是跟阿嬤有關的東西。

房裡有兩張裱框的照片，一張是小班和阿嬤的合照，另一張是阿嬤年輕時打扮時髦的黑白照。看到這張照片，小班就會想到老人並不是從以前就一直老態龍鍾，這些老人家可是在你我出生前體驗過一輩子的**冒險**生活。

架子上擺了幾罐阿嬤的**甘藍湯**。小班完全不想喝苦苦的**甘藍湯**，不過他每次看到湯罐都會忍不住露出笑容，他記得以前每次去阿嬤家過夜，阿嬤都會給他喝**甘藍湯**。

小班床底下藏了阿嬤最**珍貴**的寶貝：她以前藏珠寶用的銀婚週年紀念錫盒。之前小班去慈善店舖幫忙修理堵塞的馬桶，把這個餅乾盒拿了回來。他和阿嬤的冒險，就是從他找到餅乾盒的那一刻開始的。小班心想，如果他哪天運氣好當阿公了，他一定會把一些珠寶藏在盒子裡讓孫子來找，然後帶孫子展開全新的大冒險。

小班經過臥房窗戶的時候，突然注意到外面某個東西。他往外看去，對面房子的屋頂好像有什麼東西在動。小班壓低身體，跪著爬回房門口，把電燈關掉。

喀擦！

這下，外面的人就看不到他了。他抓起尾端黏了放大鏡的金屬管（這是他自製的望遠鏡），然後跪在窗前用望遠鏡掃視對面一間間房子的屋頂。

「是黑貓！」小班斷聲說。

是男孩之前在墓園看到的黑貓，他看得出是同一隻——這隻貓走路的動作也和黑豹一樣。貓咪輕巧地走過覆蓋了薄薄一層雪的屋頂，大膽地在屋頂與屋頂之間跳躍。小班用望遠鏡對準牠的臉，只見黑貓轉頭看他，似乎露出了微笑，然後又勇敢地跳躍出去

就這麼**消失**在黑夜之中。

7

全世界最酷的小朋友

「怎麼會有人做這種事？」隔天早上，老爸坐在餐桌前邊吃早餐邊看報紙，忍不住冒出這一句。他穿著保全人員的制服，不過一條褲管捲了起來，腫痛的膝蓋上放了一包冷凍青豆。老媽坐在他旁邊讀《交際舞月刊》。

「做什麼事啊，老爸？」小班在老爸另一邊坐下來，動手在吐司上塗果醬。

「兒子，你看。」

這篇報導超級**戲劇化**，整個頭版都被它占滿了！

小班吞了口口水。

他一整晚都睡在**床上**。

國際新聞

世界盃失竊！

昨晚發生了一樁大膽的竊盜行動，犯人偷了足球世界盃。這尊價值連城、世界知名的金色獎盃，外觀看起來是兩個人合力撐起地球的樣子，下一屆足球錦標賽開始前它在世界各國輪流展示，失竊前的展示地點是溫布利球場。獎盃是在深夜失竊，竊賊從頭到腳穿著黑衣，而現場就和古埃及圖坦卡門法老王面具失竊的現場一樣，犯人留下了與自己身分有關的線索。這回，有人用拼字遊戲的字母在原本擺放世界盃的展示臺上拼出了：呼嚕。警方確信犯人就是偷走古埃及死亡面具的竊賊，但目前爲止調查毫無進展。警方呼籲知情人士立即聯繫他們，提供有助於調查的情報。

他根本就不喜歡足球。
他對**世界盃**一、點、興、趣、都、沒、有。
但是，帕克先生想必會想辦法把事情怪在小班頭上。
小班一定要去調查一下，否則可能會被抓起來，到時候就得坐冤獄了！
「是**世界盃**耶！它可是全世界最美的東西耶！」老爸邊哭邊用袖子擦眼睛。
「才不是。」老媽糾正他，眼睛片刻都沒有離開《**交際舞月刊**》。
「世界上最美的東西是法拉的臉。」
「又在說他了。」老爸嘀咕。
「還有——我的天啊！——雜誌上寫說，法拉會負責主持皇家阿爾伯特音樂廳的交際舞比賽耶！小班！拜託啦！**我一定要去！**可是我沒辦法一個人參加比賽啊！拜託拜託拜託來當我的舞伴嘛！」
老媽竟然跪下來哀求他。
小班用眼神向老爸尋求幫助，可是老爸默默躲到了報紙後面。

「我其實認真考慮了很久。」小班說。

「**然後呢？**」老媽期待地問。

「我還是**不要**！」

老媽開始哭號：「**可是小班，為什麼不要？**」

理由多到**數不盡**，現在沒時間全部列出來了。小班直接把一整片吐司塞進嘴巴。

「抱歉，我得趕路惹。」他嘴裡塞滿了食物，含糊不清地說。

「你在說什麼？你要去哪？」老媽問道。

「**我要出門！**」小班大聲說，吐司屑噴得到處都是。

啪！答！喀！

他站了起來。

「小班！告訴我！你這是要去哪裡？」老媽追問道。

男孩又把一片吐司塞進已經滿滿是食物的嘴巴，這下他不管說什麼，別人都不可能聽懂了。他隨便咕噥了幾句。

「嗚嗯嗎呼哈嘻唰嘩啦咕嚕砰！」

老爸老媽都一臉困惑地看著兒子。

「你說什麼？」老爸問他。

「總之，記得在下午茶時間以前回來！」老媽補充道。

小班衝出廚房，跑進車庫。有一輛很特別的運輸工具在車庫裡等著他。

這輛運輸工具是阿嬤以前的電動代步車，她在遺囑中把這輛車送給了小班。小班現在才十二歲而已，所以目前爲止爸媽還不准他開代步車出門，但小班知道現在是**緊急狀況**。要是問了爸媽，他們一定會拒絕他，所以小班覺得最好的方案就是不要問爸媽。問題這不就解決了嗎！

過去一年來，男孩幫代步車做了各種改裝，現在它**超級酷**！

唯一的問題是，阿嬤幫這輛代步車取了**米莉森**這個名字，這可一點也不適合代步車現在的怪獸風格，但小班也不忍心幫它改名。他跳上車大喊：

「**米莉森**，我們走！**飆車**去囉！」

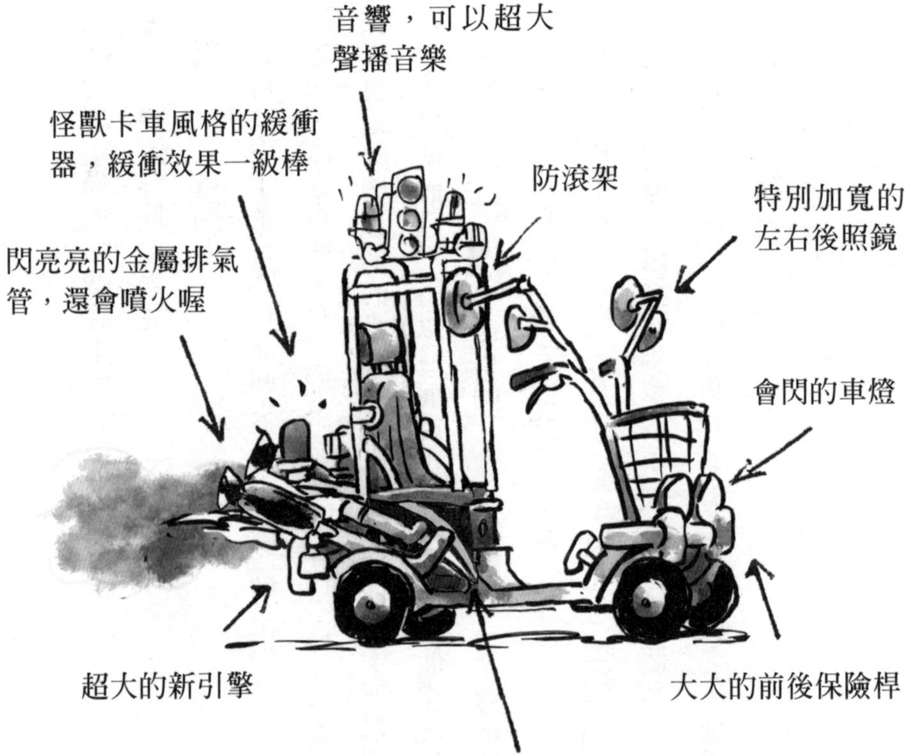

還有最重要的部分：車子側面漆了加速線條。
線條並沒有真的讓代步車加速的效果，不過看起來超酷！

代步車慢慢地開出車庫，即使改裝過，它的速度還是跟以前差不多，小班直接下車用走的可能還比較快。話雖這麼說，小班還是覺得自己開著**超酷的代步車**出門，附近其他的小朋友一定會對他又羨又妒！

他把嘻哈音樂的音量調高，咻咻咻地開過大街小巷。

⿰目非⿰目非⿰目非⿰目非……。

路人紛紛用奇怪的眼光看小班，但是沒關係，他感覺自己是全世界**最酷**的小朋友。

而且，他還想起了這輩子**最刺激**的一夜，那晚他和阿嬤就是開著這輛代步車，他坐在副駕駛座。小班不禁雙眼泛淚，也不知道是美好記憶還是風害的。

小班今天的目的地是當地圖書館，他想去找一些關於大英博物館和溫布利球場的書。如果能像他以前研究倫敦塔那樣仔細研究這兩棟建築，他說不定可以找出竊賊偷溜進去的路線，這可能會是判斷竊賊身分的線索。

小班開著代步車慢慢行駛在馬路上，不時檢查左右兩邊的後照鏡，確認後面有沒有人在跟蹤他。他特別觀察了路邊的郵筒，想看看會不會有哪一個突然動起來。

它們都沒有動。

不久後，小班來到了圖書館。他急轉彎之後突然煞車。

嘰嘎——！

米莉森震了一下，正正好停在圖書館門口。代步車就是有這個好處，你愛停哪裡都可以，沒有找停車位的問題！

小班推開圖書館的兩扇門，大步走了進去。

他要來真的了！

8
低速追車

「不好意思。」小班對站在櫃檯後面的圖書館員說。

「噓！」女人叫他小聲，一隻手指著旁邊的告示牌：**這裡是圖書館，你們就不能安靜點嗎！**

這位不苟言笑的老太太戴著半月形眼鏡，眼鏡騎在她大大的鼻子上。她透過眼鏡盯著眼前的男孩。

「不好意思！」小班小聲說。「請問哪裡有關於大英博物館跟溫布利球場這種有名建築物的圖畫書？」

「建築書區，在非小說區那邊。」圖書館員指著一個方向回答。

「謝謝。」小班說完，轉身要過去找書。

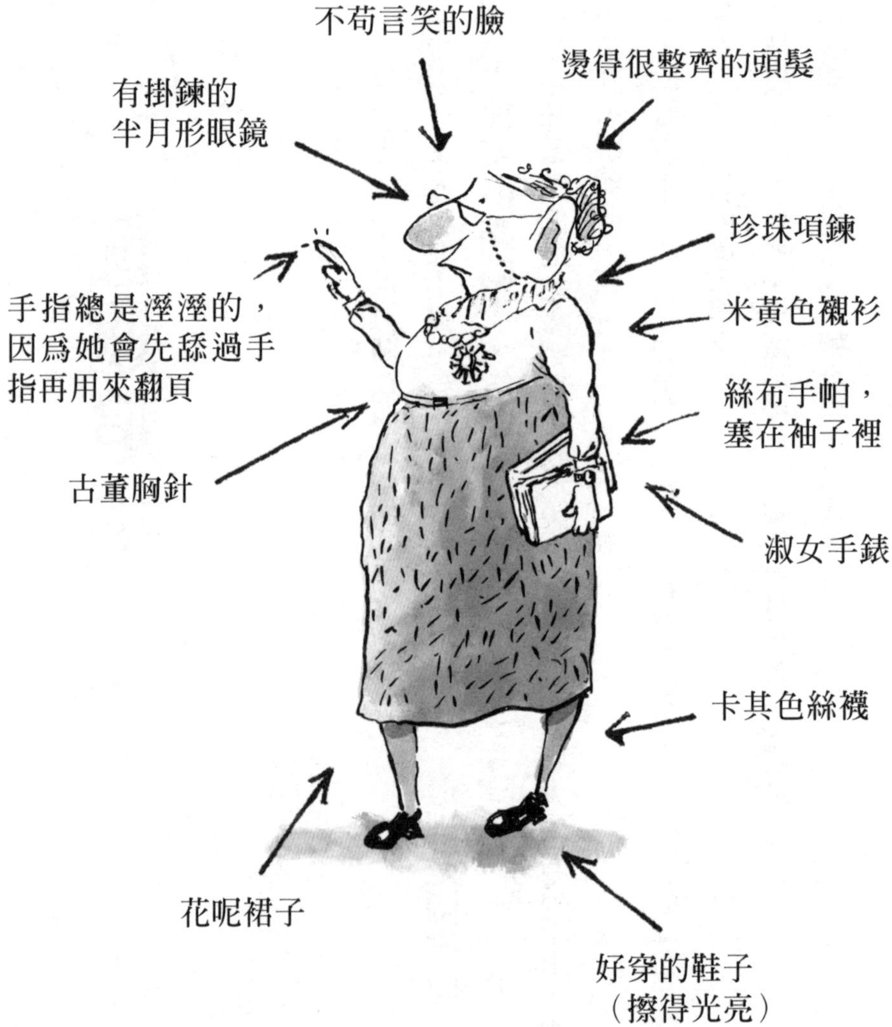
不苟言笑的臉
燙得很整齊的頭髮
有掛鍊的
半月形眼鏡
珍珠項鍊
手指總是溼溼的，
因爲她會先舔過手
指再用來翻頁
米黃色襯衫
絲布手帕，
塞在袖子裡
古董胸針
淑女手錶
卡其色絲襪
花呢裙子
好穿的鞋子
（擦得光亮）

突然間，圖書館員臉上閃過一絲異樣的表情，她一臉懷疑地看著小班。小班剛剛提到的兩棟建築，都是最近新聞報導過的地點。

「我能問你一個問題嗎？你爲什麼要找這些書？」她斷聲說。

「妳可以問，可是我**不會**回答！」小班說。

圖書館員本來就**很臭**的臉，現在變得**更臭**了。「你給我回答問題！」

小班湊上前，用其他人聽不到的音量輕聲說：「我是在執行機密任務，不能對無關的人透露情報。很抱歉，妳就是無關的人！」

老太太瞇起了發紅的眼睛，小班覺得她有點眼熟，但是他怎麼也想不到這位圖書館員像誰。小班現在沒空思考這些，是時候辦正事了。

「掰啦！」他輕快地說完，蹦蹦跳跳地走了。

小班的目光掃過一排排書脊，找到了他要的書，有一本是**《倫敦著名博物館》**，另一本是**《世界著名球場》**。他把這兩本書從書架上拿下來，坐在地上開始翻書，尋找建築物的藍圖。這兩本書都滿好看的。

大英博物館是一棟美麗的老建築，門前有希臘風格的石柱。在小班看來，博物館外面唯一的弱點就是圓形閱讀室——博物館裡巨大的拱形圖書館——的窗戶，窗戶離地面有好一段距離，如果有人在夜裡撬開窗戶，可能不會被發現。問題是，人沒辦法從博物館外面爬到那幾扇窗戶的高度，而且就算成功從窗戶進到博物館了，小偷也沒辦法從高高的窗戶爬回地面，如果要扛著看起來重達一公噸的圖坦卡門金面具進出博物館，感覺又更不可能了。

書中一條註腳寫道，在第二次世界大戰時期，倫敦人爲了躲避納粹空襲而在地底挖了一些地道，連接到大英博物館、國防部、國會大廈、唐寧街十號（首相的家），還有白金漢宮（英國王室的家）。但是，大家從好幾十年前就認定這些地道都堵住、不能用了。

小班接著研究溫布利球場，在他看來，晚上要進去的唯一方法就是從天而降，直接降落在足球場上！問題是，人怎麼可能在不被發現的情況下飛到球場上空呢？這不可能啊，飛機和直升機都太吵了，一定會被發現。不過呢，球場地下倒是裝了高科技灑水系統，如果小偷是水管工程專家，那說不定能找到從地下入侵的方法。

思考這些問題的同時，小班注意到**一雙發紅的眼睛**藏在書架對面偷窺他——那雙紅眼睛戴著半月形眼鏡。在他直視愛管閒事的圖書館員之時，她馬上就快速轉過頭，假裝忙著把書放回架上。

小班覺得還是把書帶出圖書館比較好，這樣他就可以找個沒有人的地方安心研究藍圖了。他快步走向櫃檯，希望這次會遇到別的圖書館員——結果老太太拔腿跑過來，攔下了他。

「就這兩本嗎？」她嘶聲說。

「沒錯。謝謝！」

圖書館員仔細看了這兩本書，然後又一臉狐疑地盯著男孩。「請在這邊稍等一下，我得打一通電話給圖書館長。」

這下輪到小班懷疑她了，以前他來圖書館借一些水管工程的書，從來沒遇過這種事啊。

「爲什麼？」他問道。

「我得先確認有沒有人預借這兩本書。」

說完，她從小班手中搶過書本，放在櫃檯上小班搆不到的地方。接著，她大步走向電話，一面用和自己同樣古老的電話撥號，一面目光銳利地盯著小班。

圖書館員遮住嘴巴，不讓小班聽到她說話。小班覺得這點很奇怪。

圖書館員講電話時，小班看到一個比她更老、更不苟言笑的老太太從櫃檯前走過去，她胸前別了胸針，上面寫著：**最太太：圖書館館長**

這麼說來，戴半月形眼鏡的圖書館員不可能是在跟館長講電話囉！這是一場騙局！

圖書館員沒看到上司走過去，她掛斷電話，斷聲說：「館長請你在這裡等一下。」

帕克小姐：圖書館員

「那就怪了。」小班說。

「哪裡怪了？」

「我剛看到圖書館長從妳旁邊走過去耶。」

這下，圖書館員的臉變得超級臭，小班還以爲她的臉會整個炸開。他看向圖書館員的名牌，上面寫著：**帕克小姐：圖書館員**

她居然長得和帕克先生一模一樣！好吧，沒有到一模一樣，不過兩個人眞的非常像，尤其是那個老是湊到你面前多管閒事的鼻子。她會不會是那個愛管閒事鄰居的姊妹？

「請交出借書證，我要檢查你的借書紀錄。」帕克小姐說。

「**不要！**」小班大聲說。他跳起來一把抓起櫃檯上的兩本書，然後朝圖書館大門跑去。

「**那兩本書還沒蓋章！**」帕克小姐大喊，聲音響徹了整間圖書館。

「噓！」小班指向告示牌：**這裡是圖書館，你們就不能安靜點嗎！**

他把書夾在腋下，大步衝出了雙門。他回頭望，發現帕克小姐追了上來。

小班把書丟進**米莉森**的置物籃，飛車離開了！

嘩嘩嘩嘩嘩嘩……。

他回頭一看，只見帕克小姐跳上她自己的代步車，追了過來。

嘩嘩嘩嘩嘩嘩……。

他們這是在低速追車！

9

巨大的水果棒棒糖

「**米莉森**，快一點啊！老傢伙，跑快點！妳可以的！」小班邊喊邊拍拍代步車，希望能讓它加速。

嘩嘩嘩嘩⋯⋯。

小班和帕克小姐在馬路邊追車，大街上逛街的行人紛紛跳到了兩旁！

「**借過！**」

「**救命！**」

「**快讓那小子停車！**」

帕克小姐和小班之間的距離越來越短了，她一直拿一本厚書拍打電動代步車的屁股。

啪！啪！啪！

「維吉尼亞，快一點！」她大呼小叫道。維吉尼亞還真的猛然加速了！

咻咻咻咻咻咻咻咻咻……

該不會所有老人家都會把代步車當馬看待，還會幫它們取名字吧？小班心想。現在沒時間細想了，帕克小姐已經加速騎到了他旁邊。

「你這條蚯蚓，你這下麻煩大了！」她大叫。

「我明天一早就會把書還回去！我保證一定會的！」小班回道。轉頭對帕克小姐喊話的時候，小班沒有看前面的路——前面是一間生鮮雜貨店，店門口擺了一大堆水果和蔬菜。小班直接撞了上去。

砰砰砰砰砰！

淅瀝嘩啦啦啦啦啦啦啦啦！

他全身都黏答答的！

男孩從頭到腳黏滿了：

他整個人看起來就像巨大的水果棒棒糖！

「**喂！**」雜貨店老闆叫道。「**給我回來！**」

「對不起！」小班大喊。「我現在不能停車！」

乒！乒！砰！

小班低頭一看，發現帕克小姐正在用代步車撞他的代步車。

「妳在搞什麼啊？」小班大聲問。

「維吉尼亞，快幹掉她！」帕克小姐邊吆喝邊拿書拍打維吉尼亞的屁股。

砰砰砰

砰砰砰砰！

她抓著代步車龍頭猛往左轉，逼得小班不得不轉進巷子。

「哈！哈！」帕克小姐哈哈大笑。

「妳在笑什麼？」

「你無路可逃了！」

「才沒有！」

小班知道前面有停車場，他可以穿過停車場逃走！

但是他剛騎著代步車飛速駛進停車場，就看到帕克先生騎著三輪車在那裡等他！

小班猛然煞車。

吱吱吱嘎嘎嘎嘎嘎～！

他往左看，再往右看。他被老人軍團包圍了，有十幾二十個老人家圍著他，大家用了各式各樣的交通工具。

電動代步車

助行架

電動輪椅

電動三輪車

卡丁車

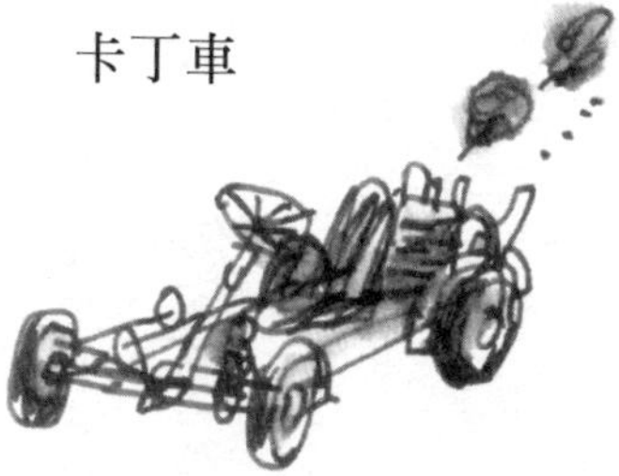

特別改良過的樓梯升降椅，
可以左右移動

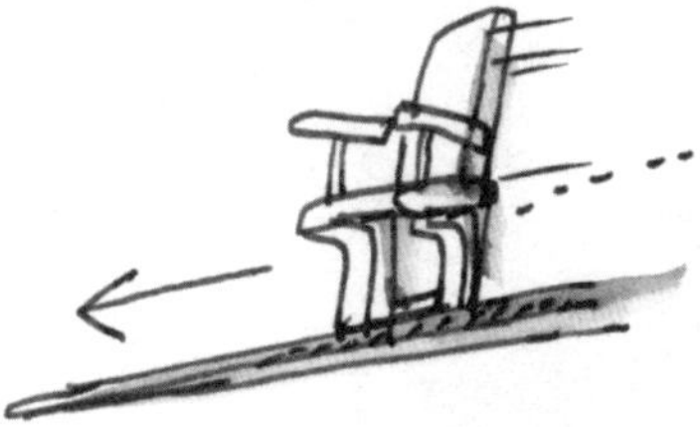

滾輪助行架

裝了輪子的浴缸

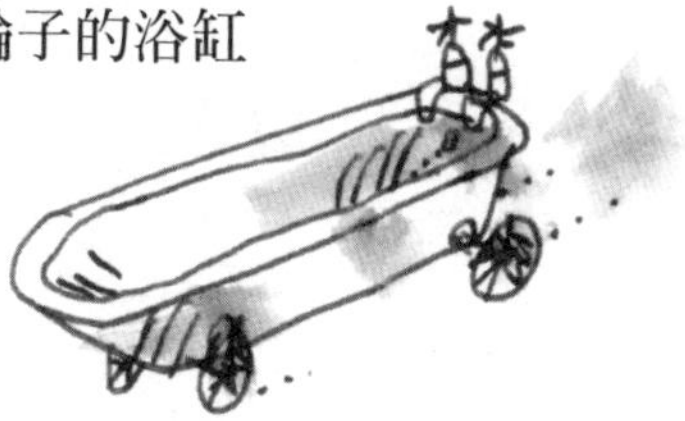

超市購物車

彈跳球

老人家繞著小班圍成一圈。

男孩被包圍了！

電動扶手椅

驢子

10

雙重詭計

「喵嗚！或者我該叫：**呼嚕！**」帕克先生騎著三輪車大喊。

「你在說什麼啦。」小班抗議道。

「班傑明．赫伯，你明明就知道我在說什麼！」

「叫我小班就可以了。」男孩回答。「對了，大家早安！今天天氣眞好！」他對在場衆人大喊。小班喜歡老人家，老人家一般也喜歡他，可是聚集在停車場的這群人對他擺了**臭臉**，一定是帕克先生跟他們說小班的壞話，說小班是全世界最壞的小男孩。

「看來你和我妹妹——帕克小姐——打過照面了。」帕克先生接著說。

他朝擋住小班後方去路的老太太一指。

「沒錯！」小班回答。「我們眞的是相見恨晚！」

「她在圖書館打了電話給我。」

「我猜也是。」

看男孩已經猜到他要說什麼話了，帕克先生露出惱怒的表情。

「她把你要借書的事情都告訴我了！」

「這我也猜到了！」

「從你要借的書看來，你和竊盜案有直接關係！」

「我可以說句話嗎？」

「能不能拜託你不要再插嘴了？」

「沒問題！」

「謝謝。」

「不客氣。」

「閉嘴！」

「瞭解！」小班做了個把嘴巴拉鍊拉起來的動作。

幾個老人輕輕笑了起來。

「**哈！哈！**」

帕克先生更火大了。「安靜！我把當地**守望相助計畫**的所有成員都召集過來了，我們今天要逮捕你。班傑明．希拉瑞．赫伯，我憑自己賦予自己的權力，這就要對你進行**公民逮捕**！」

「逮捕**我**？」小班坐在阿嬤的代步車上，驚訝地說。「**莫名其妙！**」

「因為你是珠寶大盜的共犯！你到現在還在開她犯罪用的交通工具！我堅信那些惡毒的竊盜案都是你的傑作！你看，你選的書和竊盜案直接相關，你要不是犯人，為什麼要借這些書？」

「而且，」帕克小姐插嘴說，「書都還沒蓋章，這小子就把它們帶出圖書館了！」

「**嘖！嘖！嘖！**」老人家紛紛說。他們顯然把這視為**非常嚴重的犯罪**。

小班慚愧地垂下黏滿水果的頭。

「小子，你沒得狡辯了吧？」帕克先生咄咄逼人地說。

「請聽我說，我要是偷了圖坦卡門面具和世界盃，怎麼會在案件發生以後才去圖書館借這兩本書？我應該要在事前把書借出來才對啊！」

帕克先生沉默了一下。

「說得也是！」

「有道理！」

「他說什麼？」老人家開始竊竊私語。

「這可能是雙重詭計！」騎著電動三輪車的帕克先生說。

「喔喔對耶。」

「雙重詭計！」

「親愛的，你說是雙重什麼？」

「詭計！」

「腿力？」

「不是，是『詭計』！」

「喔喔，對耶！」老人家又在那邊交頭接耳。

「這不是雙重詭計！」小班回道。

「那一定是三重詭計了！」帕克小姐惡聲說。

「那是什麼？」她弟弟發問。

「不知道，可是聽起來不錯！」

「聽我說！」小班說。「這不是什麼雙重、三重或四重詭計，這根本就不是什麼詭計。我去圖書館借書，就是爲了查出小偷是**誰**啊！」

「怎麼可能！」

「胡說八道！」

「一派胡言！」

「鬼話連篇、信口開河、指鹿爲馬！」

「把他抓去關，然後把牢房鑰匙丟掉！」老人家開始大呼小叫。

「請各位安靜！」帕克先生命令大家，老人紛紛靜了下來。「好了，小子，你別給我鬧事，乖乖跟我去最近的警局吧……」

警察局！小班心想。**要是他們調查我跟阿嬤去倫敦塔的那一晚**，我不就完了嗎？

這下，事情可能大條了！

「那當然。」他騙帕克先生說。話才剛說完，小班就用力一拉油門。

嗚嗚嗚！

代步車**米莉森**快速開走了。

嘩嘩嘩嘩嘩！

「**快追啊！**」帕克先生大喊。

小班快速在停車場裡繞了一圈，可是**守望相助計畫**眾人一一阻斷了他的去路。

「你被我們包圍了！」帕克小姐高呼。「還不快投降！」

小班又用力一轉油門，把代步車的前輪整個提了起來。

嘩嘩嘩嘩嘩嘩！

米莉森的前輪離開了地面，騎上停車場一輛造型超級扁的義大利跑車。

框啷！代步車的輪子滾過車頂。

框啷！又滾過一輛車。

框啷！又滾過一輛車！

小班開著**米莉森**滾過停車場內所有汽車的車頂。

「**快抓住他啊！**」帕克先生大叫。他也拉起三輪車前輪，準備去追捕男孩。

問題是，帕克先生騎上了一輛裡面有人的車！那是一輛破破爛爛的紅色里來恩特知更鳥三輪汽車，車身漆著大大的**拉吉飛車**四個字，車內的人就是拉吉。

「小班，快跑，快跑啊！」拉吉邊喊邊載著車頂上的帕克先生開走。

「拉吉！你最棒了！謝謝你！」

「**停車！**」帕克先生喊道。他趕緊猛踩煞車……

吱嘎！

……結果連人帶車被**拉吉飛車**載出了停車場！

呼隆隆隆！

老人家都一臉驚奇地看著他。

「**別呆坐在那邊！快來幫我啊！**」帕克先生高呼。

守望相助計畫所有人連忙追上被拉吉的三輪汽車載上大街的首領，小班趁機逃走了！

小班一路飆車回家，把電動代步車藏回車庫裡。

「**米莉森**，太感謝妳了，阿嬤要是看到妳今天的表現一定會很開心！」

他邊說邊幫代步車充電。「快吃點電吧！」

小班對老媽打了聲招呼，老媽忙著從《交際舞月刊》剪下一張張照片，貼到已經滿到爆炸的法拉法拉里剪貼簿上。老爸現在在超市上班，用老命守著店裡的焗豆罐頭。

小班直接回自己房間，安安全全地回到房裡時，他終於大大鬆一口氣。

「**呼！**」剛剛好險喔……

可是小班才剛在床上坐下來，就聽到一個聲音。

叮！咚！

那是門鈴聲。小班吞了口口水，讓母親去應門。他從臥房窗戶往下看，想看看是誰來了。

一輛警車停在他家門口！

小班瞬間覺得自己要驚慌到爆掉了！

他踮著腳尖走到房門前，開了很小很小的一條縫，偷聽樓下的聲音。

「是赫伯太太嗎？」樓下傳來耳熟的聲音。

「是！」老媽焦慮地回答。

「我是皮西法克，可以進屋嗎？**我想聊聊妳兒子的事……**」

11

很小很小的小鬍子

小班以前也見過這個警察，在他和阿嬤把**米莉森**開上高速公路、開去倫敦塔偷**王室御寶**的那一晚，就是法克警官在路上攔下了他們。祖孫倆瞎掰了藉口，騙警察說他們穿著潛水裝、身上帶了好幾英里長的保鮮膜，是爲了參加**保鮮膜鑑賞協會**的水下聚會。結果奇蹟發生了，法克竟然相信他們！

這位親切的警察後來還開著警車，把奇怪的國際珠寶大盜祖孫搭檔一路送到了倫敦塔。後來小班和阿嬤回到家，帕克先生指控他們偷竊**王室御寶**時，法克警官還出面提供他們的不在場證明。有了法克幫他們說話，阿嬤和小班都沒有被逮捕，法克警官那一晚的表現眞是不可思議！

法克是個高大的男人，留了很小很小的小鬍子，對比之下大圓臉顯得更大、更圓了。他是典型的現代警察：

老媽帶皮西法克進客廳時，小班躡手躡腳地下樓偷聽。

「我們**守望相助計畫**的一個組長剛來警局報案，說是要檢舉妳家兒子。」

「是誰？」老媽問他。

「我不能說。」

「是帕克先生嗎？」

「對。」

「他要檢舉小班？爲什麼？」

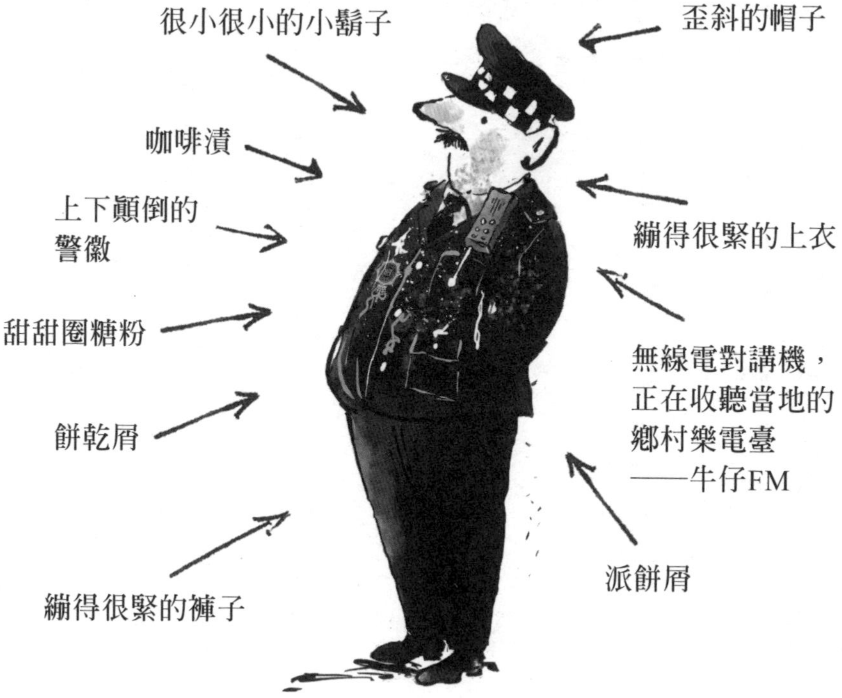

「太太，他列了很長的犯罪指控。」
「那怎麼可能！小班一直都很乖啊！」
「不管是誰聽到自己兒子被指控，都會這麼說吧！」
「他到底做了什麼？」
「他沒先請圖書館員蓋章，就把圖書館裡的書帶出來了，而且是兩本。」
「這樣要坐牢嗎？」
「如果他永遠、永遠、**永遠**不還書，那的確有可能要坐牢。」
「喔不。」
「他對一群退休老人說了失禮的話。」
「真的假的？我家小班嗎？可是他跟我先生一樣，平常跟老人家關係很好啊。」
「他還開著電動代步車，騎到了停在停車場的汽車車頂。」
「怎麼越來越糟了！真的很抱歉。這真的太糟糕了！我告訴你，這些問題只能怪到一個人頭上。」
「是他母親的問題嗎？」法克警官問道。
「不是啦！他母親就是我！」
「喔對耶！說得也是。」
躲在一旁的小班忍住了輕笑。
「他祖母！」老媽接著說。
「是這樣啊？」
「沒錯！他們以前關係很親密，結果阿嬤死前把那孩子帶壞了，現在我兒子腦袋裡多了各種稀奇古怪的念頭。」
「原來如此。」
躲在門外的小班吞了口口水。
咕嚕！
「沒錯！她還在遺囑裡把那臺電動代步車留給了小班，是不是很荒唐？我們已經告訴過兒子了，他要等到長大才可以開代步車出門！法克警官你別擔心！我會馬上沒收他的車鑰匙的！」

「那就麻煩妳了！」

「我今天真是震驚！法克警官，你想不想喝茶？我剛泡了一壺。」

「好啊，謝謝太太。妳有餅乾嗎？」

「當然囉！我剛剛就該問你想不想吃餅乾的。你想吃幾片？」

「喔！我只要一……」

「好喔。」

「……包餅乾。」

「果醬夾心餅可以嗎？」

「我最愛吃果醬夾心餅了！」

小班躲在客廳門外，只能努力吞下滿腔怒火。

那些明明就是**他的**果醬夾心餅！那是他全宇宙最愛吃的餅乾耶！**別讓法克把我的餅乾吃光光啊**！客廳裡安靜了一下，老媽去廚房拿東西了。

「來，請用。」她回到客廳。

「喔喔！謝謝妳。」法克警官說。

接著是喝茶和吃餅乾的聲音。

咕嚕！

咯擦！嘎吱！

咕嚕！

然後是一聲打嗝。

「**嗝嗝！**不好意思！」

「沒關係！法克警官，你還有什麼事要告訴我嗎？如果還有的話，我這個母親就要心碎了！」

老媽向來非常**戲劇化**！

「還有的，太太，而且後面的事情就比較嚴重了。」

「比把代步車開上汽車車頂還要嚴重嗎？」

「恐怕是的。」

「求你了！快讓我解脫吧！」

「有人指控妳兒子班傑明．赫伯偷了圖坦卡門面具……」

滿口茶被噴到客廳各個角落的聲音傳了出來。

噗！！

「不不不不不！我太震驚了，必須再喝一口茶！」老媽驚呼。

「還有世界盃！」

噗噗噗！！！

又有更多茶噴了出去。

「啊抱歉，我是不是噴到你了，法克警官？」老媽問他。

「就只有一滴而已！」

小班從門縫往客廳偷窺。警察說得太客氣了，他根本從頭到腳都被噴滿了茶。

「你覺得我家班傑明是偷了那些東西的小偷？」老媽不可置信地問。

「警方目前沒有任何頭緒，所以既然有人指控太太妳的兒子，我們就必須認眞看待這件事。」

「**班傑明！**」老媽大喊。

「有！」小班盡量用很遙遠的聲音說話，假裝自己還在樓上，而不是站在客廳門外偷聽。

「**你現在給我下來！**」

「我在修理漏水的水龍頭！」他撒謊。

「漏水晚點再處理！**你現在就給我下來！**」

小班努力發出下樓的腳步聲。

咚！咚！咚！

他一開始先小聲踩地板，然後聲音越來越響，最後他上氣不接下氣地衝進客廳。

「到底是有什麼事啊，老媽？」他結結巴巴地說。

「好啊，好啊，好啊，年輕人，我們又見面了。」法克警官說。

「你們見過面嗎？」老媽問道。

兩個人都轉向了小班。

12 禁足！

「班傑明！」老媽開口說。「你給我解釋清楚！」

「解釋什麼？」小班站在客廳門口問道。皮西法克和老媽都一臉不高興地看著他。

「孩子，**守望相助計畫**下托德分部有某個人來找我們報案。」警察說。

「是誰？」小班問他。

「我不能說。」

「是帕克先生嗎？」

「對。喔！我不該回答的。那個人可能是帕克先生，也可能不是。」

「但**就是**他沒錯吧。」

「對。」法克回答完，懊惱地拍了自己額頭一下。

啪！

「他說你偷了圖坦卡門面具跟世界盃，這是怎麼回事？你如果需要多一點零用錢，那直接跟我們講就好了啊！」老媽說。

「那些東西不是我偷的！」小班抗議道。

「可是**守望相助計畫**的帕克先生覺得是你！」

「那個人很機車耶！他還指控我做了各種莫名其妙的事情！」

「例如？」老媽問他。

「他說妳兒子去倫敦塔偷了**王室御寶**！」法克插嘴說。

老媽搖了搖頭，實在不敢相信自己的耳朵。

「班傑明，你有偷**王室御寶**嗎？」她嚴肅地問。

「**沒有！**」小班回答。「當然沒有！」

但這句話半真半假，小班和阿嬤的確有偷**王室御寶**的意圖，只不過他們被女王逮個正著，只好空手而歸了。

「太太，那是我第一次遇到妳兒子那時候的事了。」法克說。「印象中那是差不多一年多以前，有一天深夜，這孩子和他祖母外出。」

「我就知道！那隻老山羊一定是在做壞事！班傑明，你深夜和阿嬤出門做什麼？」老媽逼問道。

「呃，這個，呃，我們只是……那個嘛。」小班語無倫次了。

「那個是什麼？給我說清楚！」

「你們是去參加**保鮮膜鑑賞協會**的聚會，對吧？」法克說。

「喔對！謝謝提醒！」小班努力用開心的語氣說話，結果非常失敗。

「你才不欣賞保鮮膜呢！」老媽高聲說。「你從來就沒喜歡過保鮮膜！你只喜歡用錫箔包午餐！」

法克警官的小眼睛瞇了起來，小鬍子動了動。

「這下，我實在不曉得該相信誰了！」

「我明明就很欣賞保鮮膜！」小班說。

「是妳做的雞蛋三明治味道太重了，用錫箔

包起來味道才不會散出去！」

「你好大的膽子，竟敢侮辱我的雞蛋三明治！」

「班傑明，我們還是去警局聊聊吧。」法克說。

老媽撲上去抱住警察的膝蓋。「法克警官，拜託你不要逮捕他！我求你了！要是他被逮捕，我一定會超級丟臉，丟臉到當場暴斃！」

「我們現在掌握的證據還不夠，沒辦法逮捕妳兒子。」

「**太好了！**」小班說。

「但是我們會繼續追查下去的。」

「那當然了，當然要追查了。可是警官，我現在該拿他怎麼辦？」

「太太，千萬別讓這孩子離開妳的視線範圍！」法克指著小班命令。

「法克警官，你完全不必擔心！」老媽回答。「班傑明．赫伯，我要把你……

禁足！」

13 頭號嫌犯

「老——媽！」法克警官才剛離開（他還帶著一包卡士達夾心餅「路上吃」），小班就哀叫了起來。

「你別跟我說什麼『老——媽』！」老媽罵道。「我再也不想讓整條街的鄰居看到警車停在我們家門口了！太丟臉了！」

「這不公平啊！我又沒做錯事，妳怎麼可以把我禁足！」

「你把沒蓋章的書帶出圖書館，對一群很有正義感的退休老人無禮，還把阿嬤的代步車開到汽車車頂上！」

「呃，是沒錯，可是除了這些以外，我完全沒做錯事啊！」

「總之，既然你被禁足在家，那空閒時間就可以——」

「修理鍋爐？」小班滿懷希望地問。

「不是！**不是！不是！**」老媽說。「是比鍋爐重要很多的事情……！」

聽她這麼說，小班就知道老媽說的是什麼事情了。「**交際舞？**」小班問她。

「你還真會猜啊！」她高呼著在客廳跳起了**恰恰舞**。

小班開始思考新的計畫，如果實行這個計畫，他說不定有機會重獲自由。現在有很多人懷疑他，不僅**守望相助計畫**覺得他是犯人，就連警察也開始懷疑他了，現在可不是被禁足的時候。他必須繼續調查竊盜案，這樣才可以擺脫**頭號嫌犯**的身分。

如果答應參加舞蹈大賽，老媽就不得不讓他出門了。

這樣就不用被禁足了！

這個計畫只有兩個小問題。

第一，這麼一來小班就得在女王面前跳舞了！老爸老媽完全不知道小班和阿嬤曾在三更半夜去倫敦塔，也不知道他們那晚見到了女王。要是女王認出了他，那怎麼辦？不能被認出來，否則他就得回答一大堆麻煩的問題了。

第二，重點是，小班不會跳舞！完全不會！**一丁點也不會**！

不過話說回來，跳舞總比坐冤獄好吧！如果小班不出去調查，不去找到真正的小偷，那就只能等著吃牢飯了。

小班深深呼吸，他必須拿出得獎演員的高超演技，演完接下來這一幕。

「老——媽。」小班開口說。

「什麼事啊，班傑明？」

「我剛剛在想，妳不是希望我當妳的**交際舞**舞伴嗎……」

「然後呢？」老媽問他。

很好，大魚上鉤了，這下小班只要把魚釣上來就成功了。

「我決定……」

「你決定？」

「……**當妳的舞伴！**」

「**好耶！**」老媽歡呼一聲，高興得跳上跳下。

「前提是！」

「喔！」

「前提是……」

「你剛剛可沒提到什麼前提。」

「前提是我沒有被禁足！如果被禁足了，我是要怎麼陪妳去皇家阿爾伯特音樂廳跳舞？」

某方面來說，他的話不無道理。

「唔……我得好好想一想。」老媽說。

結果才剛過半秒她就說：「**班傑明！你的禁足到此爲止！**」

這絕對是最短的禁足紀錄！不到一分鐘耶！

「**好耶！**」小班歡呼完，整張臉突然變得**驚恐**無比。這下，他只能乖乖去跳舞了。

至於老媽呢，她忙著在客廳裡跳慶祝的華爾滋舞，完全沒注意到兒子驚恐的表情。

「我們是母子舞蹈二人組！大家一定會愛死我們！第一步是去皇家阿爾伯特音樂廳表演，接下來就可以世界巡演了！」

「什麼？」小班結結巴巴地說。

「說得也是！我們一步一步慢慢來！我們得在星期天以前把舞練好！」

「**星期天？**」

「比賽就在星期天晚上，離現在已經不到一週時間了！我得先準備我們兩個的舞衣！」老媽把禮服的袖子舉到兒子面前。「紫色不太適合你呢。」

「謝天謝地！」

「你適合比較淺的顏色。喔，我知道了！**粉紅色！**」

「什麼……？」

小班還來不及罵髒話，在超市上班的老爸就下班回來了。

「我剛剛看到警車停在外面。」他跛著腳走進來說。「這是怎麼回事？」

「喔！那不重要！」老媽的回答完全出乎小班的意料。「我要宣布大好消息：小班要當我的交際舞舞伴！」

「**好孩子！**」老爸高呼。「兒子啊，我就知道你有交際舞的天分！」

「是啊。」小班回答。他還來不及多說，就被老媽拉著雙手在客廳裡連連轉圈。

「**來吧，兒子！**」她歡呼，

小班從來沒看過她這麼高興的樣子。

「我們來跳舞！」

第二部

危險舞蹈

14 笨手笨腳

小班開始後悔了，早知道就讓皮西法克把他關進監獄了。

接下來這一週，絕對是男孩這輩子最痛苦的一週。

老媽堅持要他穿上各式各樣的手作**交際舞**舞衣。

舞衣有的很丟臉，有的**非常**丟臉，有的**極度**丟臉。

每一套服裝都有主題。

主題包括：

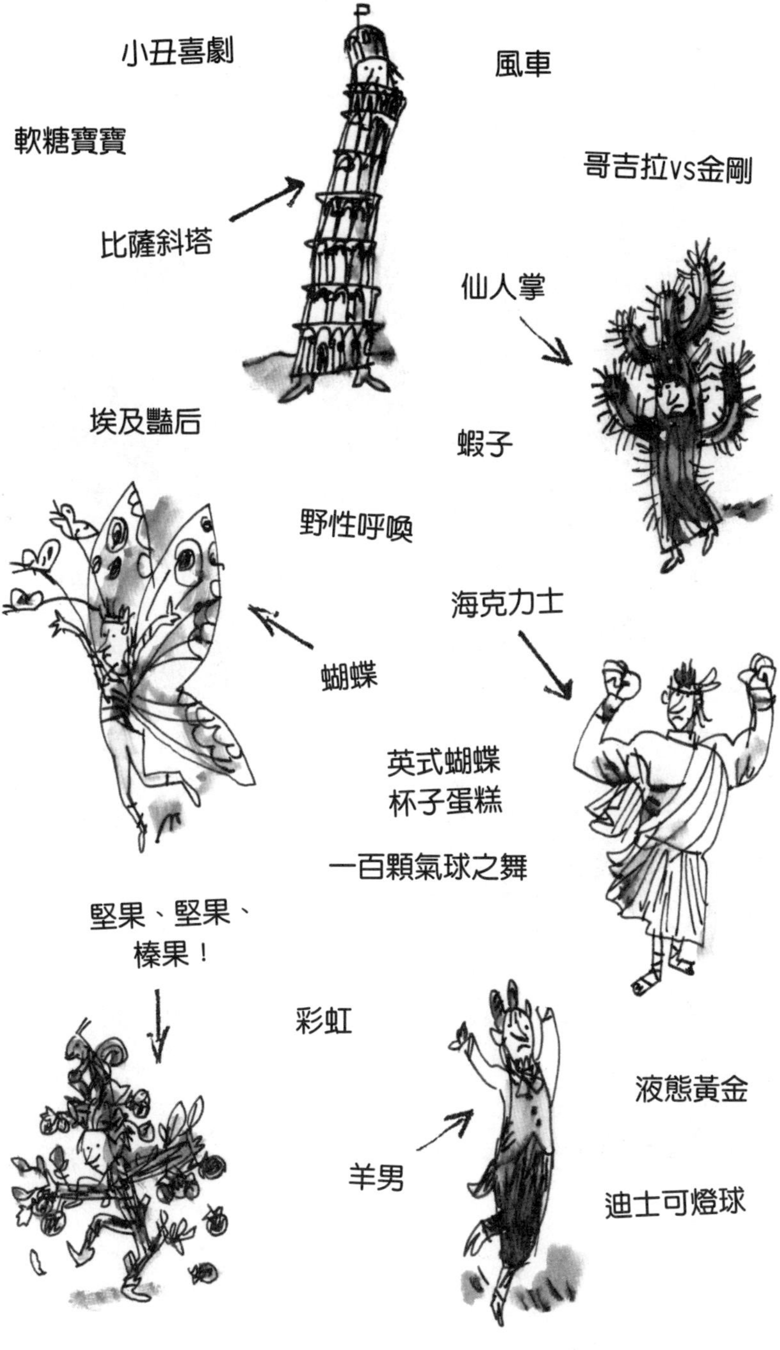
小丑喜劇
風車
軟糖寶寶
哥吉拉vs金剛
比薩斜塔
仙人掌
埃及豔后
蝦子
野性呼喚
海克力士
蝴蝶
英式蝴蝶
杯子蛋糕
一百顆氣球之舞
堅果、堅果、
榛果！
彩虹
液態黃金
羊男
迪士可燈球

老媽最不糟糕的手作舞衣叫「冰山」，這並不是因爲衣服一直放在冷凍庫裡，而是因爲它是一件全白的連身服，衣服上有很多凹凸不平的部分，理論上應該要長得像一大塊冰。

當你穿上舞衣動來動去，整體來說看起來像是會跳舞的一大杯冰沙！

「這件不算是最糟糕啦。」小班說。

「你很喜歡對不對！**太棒了！**」老媽開心地說。

「我眞高興你選了那件舞衣，因爲我想到了一個絕妙的舞蹈曲目——**《鐵達尼號》**！」

「那艘船不是撞到冰山以後沉了嗎！」小班結結巴巴地說。

「沒錯！我當船，你就當冰山！」

「船和冰山是要怎麼一起跳舞啦！」

老媽聽了很不高興。「你一定要那種態度嗎！在交際舞的世界裡，**沒有『不可能』這回事！**」

她下定決心要證明這件事，接下來每天都逼小班陪她練舞，一練就是一整天。他們在《鐵達尼號》那首名曲的配樂下練舞，歌名是♡〈我心永恆〉(My Heart Will Go on)♡。這首歌小班已經聽到膩了，現在光是聽到第一個音他就想哭。

小班才十二歲而已，而且個子也比同齡男孩子小，老媽設計的編舞卻要他把老媽抱起來、撐起來，甚至是拉著老媽在空中轉圈。如果舞伴是老爸，這些動作可能就不會那麼困難了，可惜老爸膝蓋受傷，這下只能坐觀眾席第一排看表演了。

老媽的服裝和兒子的舞衣同樣奇怪，她打算打扮成RMS鐵達尼號（RMS是皇家郵輪的意思）。鐵達尼號是一艘世界知名的遠洋郵輪，一九一二年首航的時候，在橫渡大西洋的路上撞到冰山，就這麼沉沒了。老媽用厚紙板幫自己做了一套船裝，甚至戴了一頂長得像郵輪煙囪的帽子，帽子還會冒煙呢。

小班痛恨練舞，但爲了老媽，他還是盡量努力了。他不想讓老媽在偶像法拉法拉里面前跳舞的時候丟臉，自己也不想在女王面前出糗。話雖這麼說，小班還是覺得自己天生笨手笨腳的，再怎麼努力也沒辦法。

小班並不笨，他知道自己永遠不可能成爲法拉那樣的**交際舞**巨星，但他敢肯定法拉一定不知道怎麼修理堵塞的馬桶。嗯，這樣也算公平。

這一週，小班不管是吃飯、睡覺或呼吸都離不開笨左腳。他手臂很痠、雙腳很痛、膝蓋**嘎吱嘎吱**作響，頭暈目眩，兩條腿還因爲跳太多舞而搖搖晃晃的。更糟的是，他現在每天至少會聽一百次♡♥〈我心永恆〉♥♡，每次老媽用音響播這首歌，小班都恨不得用

小班的腳

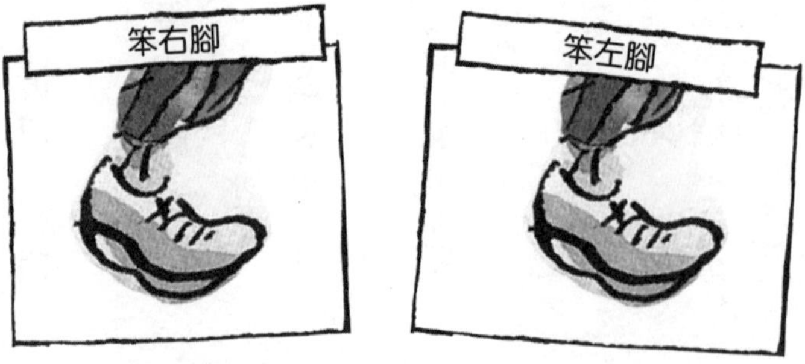

通水器堵住耳朵。

他幾乎累到沒力氣調查竊盜案，但沒過多久，

奇怪的事情就發生了……

15 毫無頭緒

星期天是小班去老人之家探望愛德娜的日子，小班苦苦哀求老媽以後，老媽終於允許他暫停練舞、去看愛德娜。老媽改和一袋馬鈴薯練舞了，馬鈴薯袋的舞技說不定還比小班厲害。舞蹈大賽就是今晚了，老媽**嚴格**要求小班在午餐前回家。

男孩喜歡幫愛德娜做各種雜事，尤其是和水管有關的任務，他更是引以爲傲。去老人之家的路上，小班都會繞路幫愛德娜買穆雷薄荷糖。

叮！

「啊！小班！我最喜歡的客人！」拉吉大喊。

「啊！拉吉！我最喜歡的書報攤老闆！」男孩回道。「謝謝你前幾天來救我。」

「我最喜歡惹惱那個惱人的帕克先生了。」

「我也是！」

「他今天沒跟蹤你過來嗎？」

「好像沒有。我是從後院溜出門的。」

「好主意。對了，你有沒有聽到消息？又有東西被偷了！」

「**不會吧！**」小班明明沒有做錯事，還是馬上充滿了罪惡感。

「沒錯，有人在深夜偷了杜莎夫人蠟像館的女王蠟像。」拉吉舉著新聞頭版說。

「借我看看。」小班邊把報紙拿過來邊說。

「你沒有花錢買報紙，我恐怕不能讓你免費看。」拉吉邊把報紙拿回來邊說。

世界新聞

女王蠟像失竊！警方毫無頭緒

倫敦世界知名的杜莎夫人蠟像館昨天深夜遭竊，失竊的是女王陛下的蠟像。蠟像館裝設了最先進的高科技保全系統，但竊賊還是設法躲避了偵測裝置。沒有人知道竊盜案背後的動機是什麼，犯罪現場也沒有留下任何與圖坦卡門面具或世界盃相關的線索。我們無從得知蠟像的價值，不過警方這次依然毫無頭緒，再次大大出糗了。

「女王的蠟像？沒事爲什麼要偷那個？**超奇怪**耶。」小班說。

「唔。」拉吉若有所思。「它可不是無價之寶，價值完全比不上圖坦卡門面具、世界盃，也比不上我從一九九三年放到現在的布洛比先生復活節巧克力蛋。」

「也是。」話雖這麼說，小班可不認爲盒子上畫了一團粉紅色生物的復活節巧克力蛋——而且是過期的巧克力蛋——是能和金面具或世界盃相提並論的珍寶。「既然要半夜闖進杜莎夫人蠟像館偷東西，那小偷怎麼不多偷幾個蠟像？蠟像館應該有好幾百尊名人蠟像吧！那個人爲什麼只偷了女王的蠟像？」

「是惡作劇嗎？」

「可能吧。可是最近才剛發生另外兩件竊盜案，這個時機感覺很可疑耶。這次犯人也是在深夜大膽犯罪，跟之前一樣。事情一定不單純，我得去**調查一番**！」

「可是客人啊，你是不是要先幫愛德娜小姐買**穆雷薄荷糖**？」

「喔對！謝謝囉！」小班接過袋子，把錢放到櫃檯上。

「你接下來要去哪裡？」

「當然是蠟像館囉！」

「你打算怎麼過去？」

「**米莉森！**」

「你直接用走的還比較快。」

「哈！哈！拉吉，你說得有道理！」

「不然我開**拉吉飛車**載你過去吧！」

不久後，兩個人開三輪汽車穿過倫敦市中心，來到了杜莎夫人蠟像館。

小班溜到蠟像館後門，拉吉則在車上等他。

小班看到幾尊蠟像被人從一輛卡車搬進蠟像館，於是他爬進卡車，擠到納爾遜中將與查理．卓別林之間一動也不動地等著。片刻後，卡車司機抓著小班

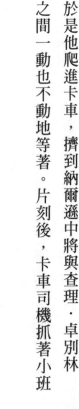

雙腿把他搬起來，扛進了蠟像館。小班被放到地上、卡車司機出去搬下一尊蠟像時，小班就順著走廊跑了進去。

他必須找到犯罪現場，看看有沒有警方漏看的任何線索。經過好幾尊總統、教宗和流行歌星的蠟像以後（說來奇怪，怎麼到處都沒看到水管工的蠟像？），小班找到英國王室蠟像的展示間。既然女王蠟像失竊的事情被報上新聞了，很多觀光客都擠進了展示間，想要看看女王蠟像原本所在的位置，甚至還有人對著什麼東西都沒有的展示空間拍照拍不停。

小班環顧這間金色與紅色相襯的華麗展示間，這裡的擺飾是和白金漢宮內部一樣。他到處觀察房間，尋找小偷可能溜進來偷女王蠟像的路線。

是空調管線嗎？不可能，洞口太小了。

那窗戶呢？這邊沒有窗戶！

天花板？天花板嵌板並沒有被人硬掰開的跡象。

小班仔細檢查過地板上的深紅色地毯，說不定小偷是從地板下面溜進來的。他注意到地毯一角有個小小的突起，於是他左顧右盼，見其他人都專心在欣賞蠟像，小班彎腰掀起了地毯一角。那東西乍看下沒什麼特別的，就只是木地板上一小塊白色方塊而已。小班彎腰撿起那個方塊時，赫然發現那東西的眞面目。

這是**拼字遊戲**的字母！

就在小班直起身體的同時，他感覺到一隻手抓住他的肩膀。

「給我站住！」

某人說。

16

一模一樣的陌生人

小班轉過身，看到一個又高又壯的保全人員站在那邊。

「你手上拿的是什麼？」女士問他。

「沒、沒、沒什麼！」小班結結巴巴地說。

「既然沒什麼，那就把手張開。」

小班乖乖張開手。

「另一隻手！」保全人員大喝。

這可是**爆炸性**的線索，小班怎麼能現在交給別人呢？

「喔喔妳看，有一個蠟像活起來了！」他指著反方向大叫。

保全人員轉頭去看的時候，小班趁機逃跑。

「**快制止他！**」保全人員大喊。

小班在觀光客胯下鑽來鑽去，原路衝出了蠟像館，跳上在路邊等他的三輪汽車。

「**走！**」他對拉吉高呼，他們在保全人員的追趕下飛車離開。

噗噗噗噗噗噗噗噗噗！

甩開保全人員以後，小班把偷來的寶貝拿給拉吉看。

「你看這個！」他攤開手掌說。

「是拼字遊戲的字母！所以，小偷一定是……」

「**同一個人！**」兩人異口同聲說。

「你是在哪裡找到這個的？」

「在王室蠟像展示間的地毯下面。問題是，這裡只有一個 Z 而已耶！之前的**拼字遊戲**字母都拼出了有意義的字——現在只有一個 Z 而已，這又是什麼意思？」

拉吉聳聳肩。「不曉得，不過在遊戲中用到Z這個字母，可以得十分喔！」

「還是說，這是小偷不小心弄丟的！」小班驚呼。

「小班，你眞的很是以爲是耶！你完全可以當馬玻小姐或是秀蘭・福爾摩斯了！」

「謝謝囉，拉吉。」

「那現在要去哪呢，老大？」

小班看了手錶一眼。「可以麻煩你載我去老人之家嗎？照理來說我半個小時前就該過去了，愛德娜現在應該很擔心我的狀況，我可不希望她打電話給我爸媽！」

「那當然了！抓緊囉！」拉吉邊說邊讓三輪汽車用最快的速度飛馳而去。

嘩嘩嘩嘩嘩嘩嘩嘩嘩～。

「有意思，眞有意思，親愛的。」愛德娜的小房間裡，她一面喝茶、吃穆雷薄荷糖，一面檢視那片**拼字遊戲**的字母。

小班最愛探望愛德娜了，他們常常聊阿嬤的事，愛德娜還會拿出一本很舊的皮革裝幀相簿，把表姊妹年輕時的照片拿給小班看。不過呢，比起看舊照片，小班今天比較想讓愛德娜看看自己的新發現。他不想害老太太擔心，所以盡量沒透露實情，但愛德娜可是個睿智的老太太，她最近也有密切關注新聞，她知道男孩的新發現和竊盜案有關。

「這就只是一片**拼字遊戲**的字母嘛。」小班聳肩說。

「親愛的，這不『只是』一片字母。」

「可是類似的拼字遊戲字母應該有好幾百萬片，甚至可能有**幾十億片**耶！」

「親愛的，可以幫我把那邊的**拼字遊戲**組拿過來嗎？」

愛德娜問他。

「我們要小心別把這些字母搞混了，我等等還要把這一片拿去給警察。」

「那當然了，但我們一步一步慢慢來，別操之過急。」

小班把布滿灰塵的拼字遊戲盒拿了過來。「這是阿嬤以前常玩的那組，到現在還有**甘藍菜**的味道。」他邊說邊聞了聞遊戲盒。

「我也比較想繼承你阿嬤的電動代步車，但這也不是我們能選的嘛！」

「抱歉啦，愛德娜！」小班笑著說。「我真的好想她。」

「你當然想她了，不過她就在你心裡，對不對呀？」愛德娜拍拍男孩的胸口說。

「嗯，她永遠都會在我心裡的。」

老太太微笑著打開遊戲盒，小心翼翼地拿起裝著字母片的袋子。

喀！喀！答！答！字母發出了碰撞聲。愛德娜把字母片從袋子裡倒出來，全都擺在咖啡桌上。

「剛剛那片跑去哪了？」她自言自語。

「愛德娜，在那邊！」小班指著字母說。

「很好，親愛的。來，把你的擺在我的旁邊。」

小班乖乖照做，把他撿到的字母放在咖啡桌上。

「我看不出差別！」他高呼。「兩個都是，兩個都值十分。」

「親愛的，你看仔細點！」聽到男孩這麼倉促下結論，愛德娜搖搖頭說。

小班仔細研究兩片字母。「喔，它們的顏色有一點點不一樣。」

「非常好。」

「阿嬤留下的這一組是白色的，可是我撿到的字母是奶油色的，有點像象牙的顏色。」

「親愛的，我也是這麼認爲！我的眼睛可沒有以前那麼好使了呢。來，我們來做敲敲測試。」

「什麼測試？」

「你先把你那一片在桌上敲一敲，我再敲敲我這一片。」

「爲什麼？」

「相信我就是了！」

小班搖了搖頭，然後拿字母片在木桌上敲了一下。

噹！

接著輪到愛德娜敲她的字母片。

咚！

「聲音不一樣！」小班驚呼。「可是它們長得幾乎一模一樣耶！」

「它們是一模一樣的陌生人！」愛德娜回答。「它們兩個的材質一定不一樣。我這片是塑膠做的，不過你那一片……」

小班又把字母片往桌上一敲。

噹！

「……是骨瓷做的！」

「骨瓷？我還以爲**拼字遊戲**所有的字母都是塑膠做的耶。」

「我也是這麼以爲的，但你在犯罪現場找到的這一枚字母應該是來自特製的**拼字遊戲**組。」

「怎麼會有人請人特製**拼字遊戲**組？」

「小班，我也沒辦法回答這些問題，不過你已經找到第一個**重要線索**了！」

17 垃圾桶進行曲

小班緊緊握著線索，甚至不敢把那片**拼字遊戲**字母放進口袋，以免掉出來。

這可是**爆炸性**的線索！它是連結了犯人與三樁竊盜案的重要證據！小班打算把線索交給警察，剩下的調查應該交給他們就好了。指紋啊、DNA樣本啊，去找找看世界上有誰特製了一組骨瓷**拼字遊戲**啊，這些都交給警察去做好了。警方逮捕眞正的犯人以後，就能證明小班的清白，帕克先生和那群老人家就再也不會來煩他了。太棒啦！

小班低頭確認**拼字遊戲**字母還在手裡，結果因爲走路沒看路，就這麼**重重撞上**了路邊的金屬垃圾桶。

咚框！

大災難發生了！拼字遊戲字母從他手裡飛了出去。

噹！

這可不是尋常的金屬垃圾桶，這個垃圾桶裡躲著一個男人，而那個男人當然是**帕克先生**了！

小班的死對頭這次打扮成了金屬垃圾桶。

帕克先生把垃圾桶底部切開，露出了兩條腿，臉從垃圾桶與蓋子之間的縫隙往外偷窺。

「帕克先生！」倒在地上的男孩說。

垃圾桶裡的男人不懷好意地俯視他。

「我是**守望相助計畫**下托德分部親切和藹的組長！」他冷笑著說。「你剛剛去了什麼地方？」

「我沒去什麼地方啊。」小班回答。

「你一定是去了什麼地方。」——

如何假扮成垃圾桶：

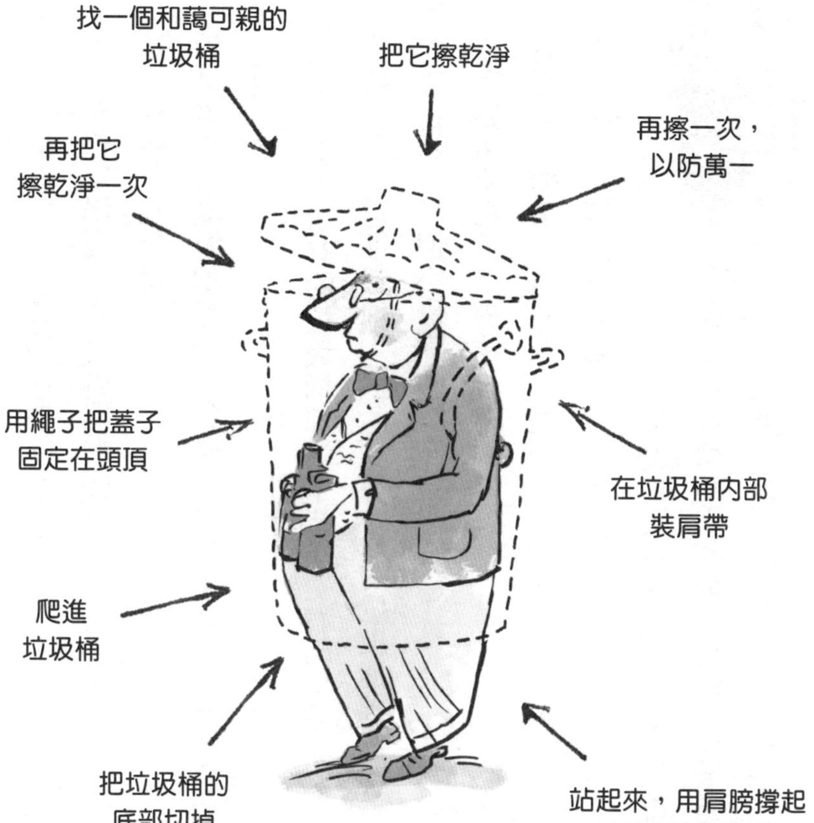
找一個和藹可親的垃圾桶
把它擦乾淨
再擦一次，以防萬一
在垃圾桶內部裝肩帶
站起來，用肩膀撐起垃圾桶的重量
把垃圾桶的底部切掉
爬進垃圾桶
用繩子把蓋子固定在頭頂
再把它擦乾淨一次

恭喜！你成功變裝成垃圾桶了！

「沒有啊，帕克先生！我哪裡都沒去！」

「你以爲在停車場耍小聰明就能擺脫我，是不是？」

「不是。抱歉，我只是——」

「不管是誰都不准對帕克先生我耍小聰明！你也不准對我的**守望相助計畫軍團**耍花招！」

就在這時，街上所有的垃圾桶都活了起來，有的是裝了輪子的垃圾桶，有的是回收桶，有的是堆肥桶，總之各式各樣的垃圾桶裡都躲著老人。

他們埋伏在街上，把小班團團包圍住了。

「我沒有做錯事啊！」男孩抗議道。

「你有沒有做錯事，就由我來判斷！」帕克先生回道。

「拿書丟他！」假扮成堆肥桶的帕克小姐說。

「把他抓去關起來，然後把鑰匙丟掉！」站在人群後面的小踏板式垃圾桶跟著說。

「地上那是什麼東西？」帕克先生厲聲問

道，發紅的眼睛瞇了起來。

「我？」小班問道。他的確還躺在地上。

「不是！」帕克先生凶巴巴地說。他用非常彆扭的動作彎下腰——你要是打扮成垃圾桶的樣子，肯定也沒辦法正常彎腰。

「**這個！**」

愛管閒事的鄰居一副找到聖杯的樣子，高高舉起了**拼字遊戲**字母。

「請聽我解釋！」小班結結巴巴地說。

「你愛怎麼解釋就跟警察解釋去！我們現在就帶你去警察局！」

小班躺在地上東張西望，發現各個方向都有垃圾桶朝他逼近。

就在他絕望時，突然看到上方的樹上有一道影子在枝枒間跳躍。

是之前的**黑貓**！

黑貓直直盯著小班，小班也盯著牠。

「你在看什麼？」帕克小姐站在哥哥身後，咄咄逼人地問。

小班敢打賭，那隻貓會出現在這裡絕不是巧合。

「沒什麼！」他故作無辜地高聲說。

小班的期望沒有落空，貓咪果然從樹上跳下來了。

呼呼呼呼嘩嘩嘩嘩！

牠落在帕克小姐的垃圾桶上。

咚隆！

「啊啊啊！」帕克小姐大叫一聲，往前倒在了弟弟身上。

框啷！

「**嗚嗚嗚**！」兩個人都站不穩了，小班趕緊滾到一旁。

兩個人重重摔倒在地上。

喀擦框啷！

撞擊的力道太大，拼字遊戲字母飛了出去。

貓咪用嘴巴接住字母片，放到小班手裡。

「謝啦！」他說。「你會幫我，對不對？」

「**喵嗚！**」貓咪說。小班不太確定這是「對」還是「不對」的意思。

他沒時間留在原地和貓咪多聊了，垃圾桶軍團正逐漸靠過來，把他團團包圍住。

「你被包圍了！」帕克先生大喊。小班奮力在地上扭動掙扎，急著想站起來。

「才怪！」小班說。

話才剛說完，他就把帕克先生往其他垃圾桶的方向滾去。

咚隆隆！

大家像保齡球瓶一樣，全部被撞倒了！

咚！咚！咚！

這下，小班開出一條逃生路線了。他緊緊握著**拼字遊戲**字母，用全速往家的方向飛奔，垃圾桶大軍則在後面窮追不捨。

「快阻止他！」

「抓住那小子！」

「把他關起來，把鑰匙丟掉！」

貓咪用尾巴把其中一個人絆倒。

框啷！

但其他人還是追了上來。

轉彎跑上自己家的街道時，小班遠遠看見爸媽帶著兩個行李箱，在屋門口等他。

「小班！真是的，你到底跑去哪裡了！」老媽大叫。「舞蹈大賽要開始了啦！我們快遲到了！」

「發動車子！」被垃圾桶大軍追趕的小班大喊。

「什麼？」老爸大聲問。

「快發動車子！快點啊！」

老爸老媽把行李塞進後車廂，然後跳進了咖啡色小車。

汽車快速開出車道，小班從副駕駛座車窗跳了進去。

轟隆隆隆隆隆隆！

車子飛馳離開時，他的一條腿還掛在車窗外。

18

深深的不安

看見皇家阿爾伯特音樂廳巨大的圓拱屋頂時，小班感覺到肚子裡一股深深的不安。裡面應該有好幾千個座位吧。小班心想。不會吧，他怎麼會答應老媽要來這地方表演舞蹈！而且還要在女王面前表演耶！

「老爸，你的膝蓋還好嗎？」他邊問邊把**拼字遊戲**字母藏進內褲。

「喔！謝謝你關心我啊，兒子，我的膝蓋比之前好一點點了。」老爸回答。

「好一點點了！真是**奇蹟**啊！」

「什麼？」

「那你就可以在女王面前跳舞了！」老媽厲聲說。「你別想逃避！」

「班傑明，你想得美！」

「可是——」小班開口抗議。

「我知道你腦子裡在想什麼。不行。不行。不行！我們兩個的表演可是創新之舉啊！小班，你要知道，我們接下來可是要**名留青史**喔！」

「這又不是第二次世界大戰。」小班反駁。

「**交際舞傳奇**！我們會變成席捲世界的母子舞蹈二人組！」

「我本來想說今晚表演一結束就要退休。」他回道。

「退休？這還只是故事的開端呢。今晚，交際舞界將會有新的傳說誕生！」

沒救了！小班心想。**老媽瘋掉了！**

進到皇家阿爾伯特音樂廳以後，老爸說：「祝你們把腿摔斷。」然後他就去觀眾席找自己的位子了。據傳擔憂祝人好運會爲對方招來壞運，所以演藝界的人通常都會倒過來這麼說，意思是祝對方表演順利，可是老爸現在說這句話感覺不太對勁，今晚可能眞的會有人摔斷腿。

節目工作人員帶小班和老媽帶到後臺一間巨大的更衣室，裡頭滿滿都是在打燈的鏡子前搔首弄姿的交際舞者。大家好像都很熟了，每個人都虛僞地親著別人臉邊的空氣打招呼，還一直用「親愛的」稱呼別人。

「姆嘛！姆嘛！」

「親愛的，妳這身仿曬霜是什麼色調啊？還是說，妳用的是褐醬？」

「親愛的，你真是太勇敢了，屁股這麼大竟然還敢穿黃色衣服！」

「親愛的，希望你不會像上次那樣扭到腳踝！」

「親愛的，妳的髮型真是神奇！這是假髮嗎？」

「親愛的，你竟然到這個年紀還在跳舞！真是太勵志了！」

小班母子穿上了舞衣，小班穿的是冰山裝，老媽穿的是鐵達尼號裝。其他舞者都在竊笑。

已經上了厚厚一層妝的老媽對著鏡子補妝，其他選手則一直想把她擠到一旁。小班開始努力許願，希望能突然冒出什麼東西來拯救他……

皇家阿爾伯特音樂廳會不會其實是一艘外星飛船，就這麼飛上天？

還是說，倫敦會被一波卡士達**海嘯**捲走？

或者說，會不會有超級英雄和超級惡棍突然在倫敦**大打一架**，結果打一打就把皇家阿爾伯特音樂廳給毀了？

說不定踢踏舞者會在臺上跳得太用力，害整間音樂廳**崩塌**？

說不定小班吃了**魔法**方糖，可以縮小成軟糖寶寶的大小，偷偷逃走？

搞不好會有**巨人**把皇家阿爾伯特音樂廳的屋頂拆掉，然後把所有舞者都吃下肚？

也許會有**巨大的殺人番茄**來攻擊英國呢！

說不定時空會突然出現裂縫，**恐龍**又會回到地球了？說不定會有暴龍好心把小班的媽媽吃掉。說不定小班只要禮貌地請暴龍吃人，牠就可以幫忙解決老媽了。

唉，如果這時候可以有一顆**巨大的隕石**從外太空飛過來、直接砸中皇家阿爾伯特音樂廳，那該有多好！

可惜小班的運氣沒有那麼好！

還是說，會有**好幾十億隻**飢腸轆轆的螞蟻跑過來，在幾秒內把皇家阿爾伯特音樂廳的每一塊磚塊都吃光光？

可惜儘管小班虔誠祈禱了，以上事情一件都沒有發生。

他只聽到廣播呼叫：「小班與琳達．赫伯，請上臺！」

應該不會出錯吧？

結果呢，
每件事都出差錯了……

19

拔得精光

小班和老媽站在大舞臺旁邊的黑暗中，等著法拉法拉里唸出他們的名字、請他們上臺表演。

「**尊貴崇高的女王陛下啊**。」法拉站在他最愛的位置——聚光燈下——開口說。這位**交際舞**電視明星和平常一樣，全身上下都打扮得完美無瑕，該打磨的打磨了、該噴的噴了、該塗的塗了、該上油的上油了，該拔的毛也都拔得精光了。

小班站在舞臺邊邊，臺上的打光亮到他幾乎沒辦法睜開眼睛，只能不停眨眼。後面有一支百人管弦樂團，樂手都在整理樂譜，準備演奏下一首曲子。

他自己的香水：
男人香
修過的眉毛
眼線
噴了定型液、
梳得完美無瑕的
髮型
睫毛膏
閃亮亮的
白牙
除過毛的
耳朵
仿曬霜
（今晚的色調是
「雙倍濃咖啡」）
脣蜜
腮紅
讓皮膚變得閃亮的
保養油
除過毛的胸膛
寫著「法拉」的
項鍊，以免他忘記
自己的名字怎麼寫
磨得光亮的
指甲
亮紫色亮片
連身舞衣
絲布襪子
擦得晶亮的舞鞋

「各位先生、各位女士、各位男孩、各位女孩，我很榮幸為大家介紹下一組選手，這是一對交際舞母子二人組……」

觀眾驚訝地交頭接耳，他們從來沒看過母子組合，以後可能也沒機會看到這種表演了！

「……他們名叫小班與琳達·赫伯，我猜小班是兒子，琳達是母親。這兩位是千里迢迢從外赫布里底群島前來為我們表演的，據說他們在群島那邊是超級舞星喔！在今晚的大賽中，他們會用**舞蹈**的形式，戲劇化地為各位演出鐵達尼號沉船的故事！」

觀眾們禮貌地鼓掌，只有老爸一個人激動地跳起來歡呼。

「**好啊啊啊！**」

所有人都轉過去看他，老爸痛得皺起了臉。

「**嗚嗚！我的膝蓋！**」他痛呼著倒回座位上。

噗！

與此同時，琳達拖著心不甘情不願的小班跳上舞臺。看到他們搞笑的服裝，觀眾的鼓掌聲變成了笑聲——今晚已經有不少人穿荒謬的服裝表演了，但母子倆的郵輪與**冰山**裝真的是**荒唐至極！**

「哈！哈！哈！」

小班滿心希望世界可以突然毀滅，這樣他就不用繼續站在臺上了。他努力躲到母親背後，可是冰山裝太大、太笨重了，大家還是看得到他。小班的動作很搞笑，觀眾笑得更厲害了。

「哈！哈！哈！」

等你們看到我們的舞蹈，就會知道現在笑得太早了。小班心想。到時候你們就會笑到再也停不下來了。

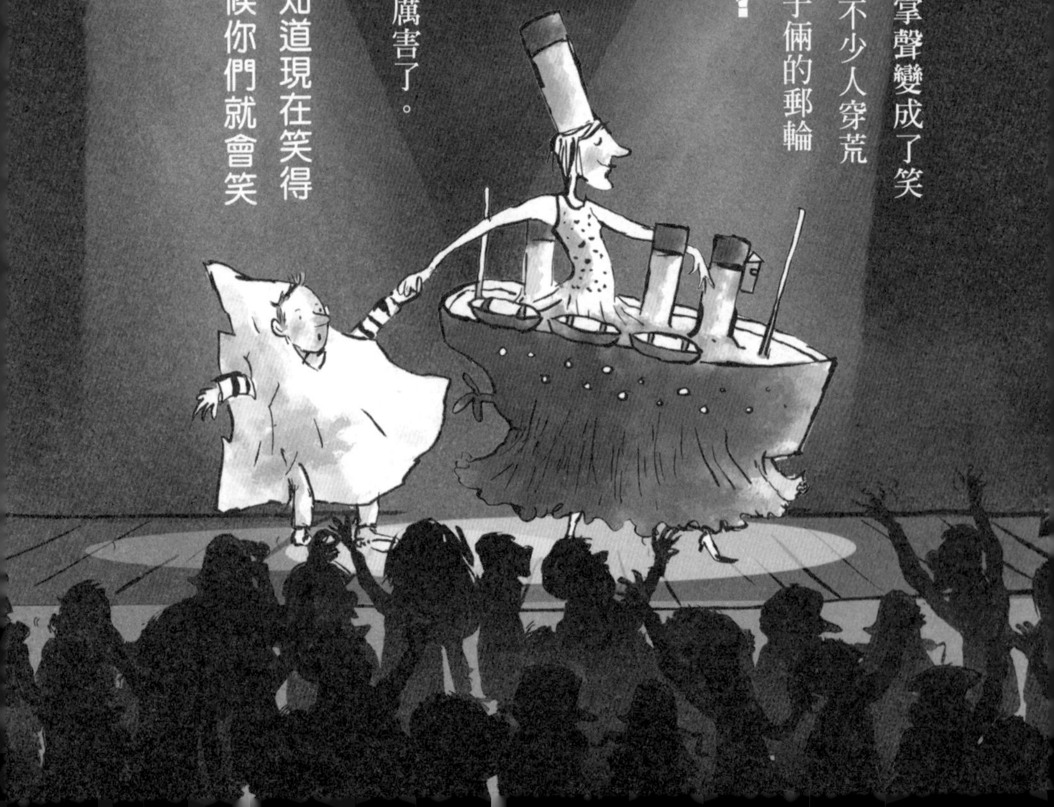

老媽不高興地噘起嘴、皺起鼻子，但小班一直低低垂著頭，免得女王認出他是之前和阿嬤擅闖倫敦塔的男孩。

還好女王的座位離舞臺很遠，她坐在高高的王室包廂裡。

法拉離他們近得多，他立刻就認出了這兩個人。他印象很深刻——小班在青少年交際舞大賽中跳了單人舞，拿了史上最低的分數，這他怎麼可能忘記呢？

沒錯，小班當時的分數是三個零鴨蛋。

一個大大的零鴨蛋！

就算全部加起來，總和還是零。

然而，從法拉臉上驚恐的表情看來，最讓他害怕的人不是小班，而是老媽。

之前法拉被踢踏舞鞋砸到頭，就是這個腦粉衝過來幫他做了人工呼吸！

「喔不，是妳！」法拉喃喃自語的同時，琳達湊到離他很近的位置，讓他覺得很不自在。

「喔對！」她回答。「是我！你看看我的指甲。」

她把雙手舉到法拉面前。老媽在美甲店上班，所以每天都會黏著奇怪又**驚人**的指甲回家。今晚，她的指甲上寫著：**我超級無敵愛法拉法拉**

「可惜我只有十根手指，不然就能把最後的『里』也寫上去了！」她解釋道。

法拉露出無力的微笑，搖著頭用恰恰舞步全速遠離這位腦粉。就在他完全消失之前，法拉把麥克風舉到嘴邊說：「**請奏樂！**」

年邁的指揮家用指揮棒敲敲譜架，樂團開始演奏《鐵達尼號》電影裡的經典主題曲：

〈我心永恆〉。

20 一道殘影

樂團開始奏樂時，母子倆開始表演之前排練的舞蹈，鐵達尼號（老媽）和冰山（小班）在舞臺上互相繞圈。兩個人逐漸靠近，用鏡像動作跳舞，然後小班握住母親的手，母子兩在臺上跳起華爾滋舞。小班的個子比同齡男孩矮一截，兩人的身高差看起來有點好笑，惹來一些觀眾的輕笑聲，結果有人大聲叫他們安靜。

「噓噓噓噓！」

那是老爸的聲音，他正以呼籲皇家阿爾伯特音樂廳裡其他五千兩百七十一個人安靜的方式，守護家人的名譽。

接著，第一個戲劇化的動作來了。鐵達尼號吃力地把冰山舉了起來，放到自己頭上，然後開始原地轉圈，小班則像海星一樣撐開四肢，祈禱現場觀眾沒有同校的同學。

接下來是非常大膽的動作，老媽確信這個動作能讓評審團印象深刻。她抓住小班雙腳腳踝，讓小班順著她的背滑到舞臺上。小班雖然個子矮，但是體重偏重，結果他**咚**一聲倒在了舞臺上。

「**哈！哈！哈！**」觀眾輕笑了起來。

「老媽，小心點啦！」小班用氣音說。

「我可是鐵達尼號呢，小班——不對，我是說『冰山』！」她用氣音回應。

然後她抓住兒子雙腳腳踝。

「好痛！妳的指甲戳到我了啦！」被假指甲刺到皮膚時，小班呻吟一聲。

「噓！」老媽罵道。

抓緊兒子的腳以後，她拖著小班在舞臺上轉圈，小班躺在地上轉了起來。假如你是這時候才走進皇家阿爾伯特音樂廳，你也許會以爲這位太太是在用男孩擦地板。

這一段舞蹈才剛跳完，新的一段又開始了。樂曲的音量逐漸增強，鐵達尼號放開了冰山，冰山翻身爬了起來，然後邁步走向靜靜站在舞臺中央的鐵達尼號。

「我還是不確定有沒有辦法完成轉圈的動作！」小班小聲說。

「這是華麗的結局耶！」

「那我盡量！」

「這是爲了法拉！」

小班不顧自己的疑慮，和母親互相握住了對方的手腕，又瞬間感覺到假指甲刺進皮膚。

「**好痛！**」

「噓！」老媽叫他安靜。

然後，小班開始拉著老媽轉圈。

他的動作一開始很慢，接著在音樂變得慷慨激昂的同時，老媽轉圈的速度也加快了。

老媽越轉越快，雙腳就這麼離開了地面。

觀衆看了非常激動，他們可沒見過哪個男孩把自己母親從地上甩起來。

觀衆開始拍手，老爸也大聲鼓勵他們。

「這個動作超棒的！」

老媽的指甲刺著小班的手臂，他痛得皺起了臉。

「我好痛喔！」他哀聲說。

「別放手！」老媽央求。

咻咻咻咻咻……

老媽越轉越快，小班就算想停也停不下來。

咻咻咻咻咻咻咻咻……

老媽轉得越快，指甲就刺得越深，

老媽已經轉得太快，不可能慢下來了。

小班痛得雙眼泛淚。

「老媽！我已經快抓不住了！」他哭喊道。

「你當然抓得住了！表演快結束了！再幾秒就好！」

「我不行了！救我！誰來救救我啊！」

咻咻咻咻咻咻咻咻咻咻咻咻……

樂團指揮家不知所措，指揮的動作越來越快，音樂也越來越快了。樂曲失控的同時，快速旋轉的老媽也失控了。

咻咻咻咻咻咻咻咻咻咻咻咻咻咻咻咻咻咻咻～。

她的指甲刮過小班的手臂和雙手。

法拉法拉里站在舞臺旁邊，越看越驚恐。

「法拉！救我！」老媽雙腳掠過他的頭髮時出聲呼救。

法拉趕緊閃過老媽，結果在情急之下從舞臺一邊跑到了另一邊，只求不被砸到。

他這個動作可是大錯特錯了。

「老媽，對不起！」老媽的手指從他手中溜走時，小班大喊。

咻咻咻咻咻咻咻咻咻咻咻咻咻咻咻咻咻咻咻咻咻咻咻咻咻～。

「你要叫我『鐵達尼號』啦！」老媽大呼小叫著飛了出去，速度快到只剩一道殘影了。殘影重重撞上了法拉……

砰砰砰砰砰砰砰砰砰砰！

……法拉被撞得飛到觀眾席去了。

法拉整個人摔在了老爸身上。

喀啦啦啦啦！

就在老媽頭下腳上摔在前排的評審身上時，

♡♥**〈我心永恆〉**♥終於演奏到了激昂的結尾！

那之後，全場陷入深深的沉寂，

只有小班打破沉默：

「啊呀！」

21

摔壞的屁屁

「我好像一邊屁屁摔壞了！」法拉呻吟著說。

「千萬不要是你的屁屁啊！不不不——！」老媽哭喊。

「我另一隻膝蓋也不行了！」老爸嗚咽著說。

一隻踢踏舞鞋從舞臺另一邊飛了過來。

咻咻咻咻咻！

命中小班的後腦杓。

「**好痛！**」

他整個人跌進樂池……

噗咚！

摔在了指揮家身上……

呼咚！

指揮家往前跌，倒在了譜架上。

喀啦！

巨大的骨牌效應開始了，

樂團眾人接二連三地摔倒！

譜架倒在豎琴家身上。

框噹！

小提琴家紛紛倒在

銅管樂家身上。

嘟嚕！

豎琴家倒在一

排小提琴家身上。

噹啷！

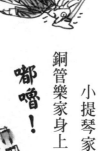

銅管樂家們倒在鋼琴家身上。

喀咚！

三角鋼琴往前噴飛，撞上打擊樂部。

砰乓！

沒過多久，所有音樂家和樂器都在樂池裡倒成了一團。

忽然間，憤怒的觀眾一個個跳起來，大家都指著小班。

「那個男孩毀了今晚的表演！」

「都是他的錯！」

「根本莫名其妙！」

「讓他為這一切負責！」

「壞小孩！」

「快抓住那小子！」

「抓住他！」

「抓住他的冰塊！」

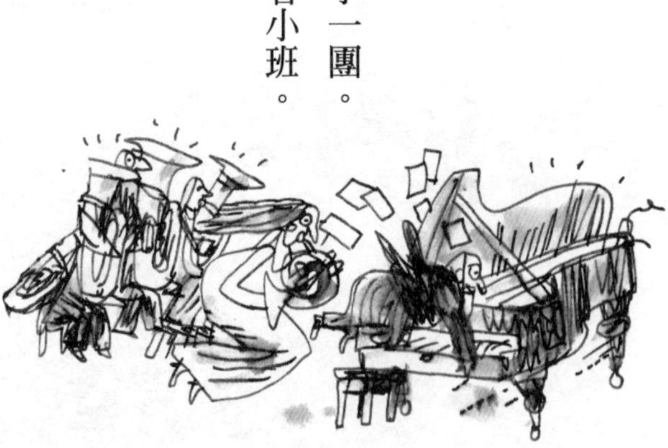

「逮捕他！」

「把他融成**一灘水！**」

小班從樂池爬回舞臺上，可是負責保護女王的一群警察把他團團包圍住了。

男孩拔腿就跑，他跳下舞臺，跳上觀眾席一個座位的椅背。

觀眾們紛紛伸手想抓住他的腳踝，他連忙在座位與座位之間彈跳。

跳！跳！跳！

可是他舉目望去，完全沒看到逃生路線！

情急之下，小班抬頭看向王室包廂。女王會不會保護他呢？他跳過一張張座椅，撲向劇院側邊的那排包廂。打扮成冰山的小班動作不太靈便，但他還是很快爬到了王室包廂，拖著身體爬過護欄、摔到地板上，像出了水的一條魚似地啪答啪答扭動。

小班笨手笨腳地爬起來跪著，沒有試著站起來。他很樂意跪著求女王幫忙。

「陛下，」他開口說，「不知道妳還記不記得我。我是小班，之前有天深夜我和阿嬤去倫敦塔偷**王室御寶**的時候遇到了妳，妳那晚大方地赦免了我們，我今晚只能跪在這裡求妳幫忙了。拜託了！求求妳，幫幫我啊！」

他抬起頭來，卻發現女王的表情完全沒變。

下方觀眾氣得大呼小叫。

「小子，你在搞什麼鬼？」

「給我離女王陛下遠一點！」

「把他關進倫敦塔！」

小班焦急地伸手握住女王的手。

「求求妳！」

這時候，他注意到一件奇怪的事。

女王的手摸起來冷冰冰的。

在那一瞬間，小班赫然發現

這不是女王！

這是她的蠟像！

22 神祕的人影

砰！砰！砰！

有人用力敲打王室包廂的門。

「我們是警察！快開門！」

小班的心臟也撲通撲通直跳。他縱身跳進隔壁包廂，包廂裡滿滿是穿著西裝禮服和晚禮服的上流人士。

「借過！」他邊說邊和他們擦身而過，快步衝出門。

小班往右邊看去，看見一批警察站在王室包廂門外。警察全都盯著他。小班對他們微笑一下，說了聲：「晚上好。」然後開始慢慢溜走，免得惹他們懷疑。問題是，他現在打扮成一大塊冰的樣子，看起來就是很可疑。

警察們全都對他點頭打招呼，最不笨的一個警員這才認出了他。

「是冰山男孩！」他高呼。「**快追啊！**」

小班順著圓形走廊狂奔逃跑，他看到前方有個神祕的人影消失在一扇門後，門上的告示寫著：**禁止進入**

小班回頭望去，警察剛好在看不到他的位置，於是他偷偷溜進門，然後緊緊關上那扇門。他在黑暗中待了一陣子，等著腳步聲快步經過。小班甩開他們了——至少，他暫時甩開他們了。他看到前方出現一束光，然後光線又消失了，剛剛那道人影又穿過了另一道門。他順著狹窄的走廊快步跟上去，打開下一扇門時，看見一道老舊的螺旋樓梯，那個人影正在快步上樓。

答！答！答！

男孩和對方保持一段距離——他不想被那個人影看見。他等到對方跑到樓梯最頂，然後才跟著爬上樓。

答！答！答！

螺旋階梯最頂是一道活板門，小班打開門，發現自己來到了皇家阿爾伯特音樂廳的拱形屋頂上。

而那個人影就站在拱形屋頂最高處。

人影把衣服脫了，身上只穿著一套全黑的連身衣，就和小班的阿嬤作爲黑貓行竊時穿的衣服一樣！

人影拿出面罩戴在頭上。

接著，那個人拉了拉包包上一條繩索。

拉！

那一瞬間，不可思議的事情發生了！包包像某種高科技道具一樣，短短幾秒內變成了……滑翔翼！

嘶啦啦啦啦！

人影搭上滑翔翼，小班還來不及大喊：「你是誰？」

那個人就開始助跑，撲向了夜空。

嘩嘩嘩嘩嘩嘩！

23

巨大的蘑菇

「站住！」後方傳來大叫聲。

小班轉過身來，看到警察站在皇家阿爾伯特音樂廳的拱形屋頂上。夜空中，神祕人影乘著滑翔翼消失在了遠方。小班相信自己打扮成冰山總要有一些優勢的，於是他什麼都不說就直接往那群警察衝了過去。警察看到一大團厚紙板冰山直奔而來，紛紛跳到兩旁。

「啊啊！」

「救命！」

「不不不！」

他們滾倒在屋頂上，往拱形屋頂的邊緣滑去。

小班繼續逃跑，可是剛才那道活板門被其他警察擋住了——還好他運氣不錯，在屋頂上找到另一扇活板門，他奮力把門弄開。

砰！

可惜他運氣沒那麼好，活板門的下面就是觀眾席，觀眾席離屋頂很遠很遠！

皇家阿爾伯特音樂廳的天花板掛著很多東西，那些東西看起來像巨大的蘑菇，這些「蘑菇」其實是玻璃纖維做的，裝在音樂廳裡有吸收回音的效果。眼見警察都朝活板門擁來，別無選擇的小班往下一跳，落在一顆巨大的蘑菇上。

咚嗡！

蘑菇是用鋼索掛著，小班降落之後它就開始來回搖晃，撞上附近其他的蘑菇。

空隆！空隆！

小班從這顆蘑菇跳到另一顆蘑菇，下方好幾千人都驚恐地看著他。

「啊！」

「小班，別摔下來啊！」老爸大喊。

「我也不打算摔下去啊！」小班對下方喊道。

不久後，他在蘑菇碰撞聲中跳到了音樂廳邊緣。他跳下最後一顆蘑菇，沿著走道與樓梯逃下樓。

問題是，小班不管往哪個方向跑，都遇到越來越多警察。警察用控制人群的方式手勾著手組成人牆，這下小班不可能突破重圍了。

「小子，我困住你了！還不快結束這場鬧劇，舉雙手投降！」一個看起來位階比較高的警察高喊。

小班身旁，一扇窗戶打開了。

吱呀！

它被一隻黑貓推開了！

貓咪用頭推開玻璃窗。小班對貓咪眨了一隻眼睛，貓咪發出呼嚕呼嚕聲，對著小班眨眼。

「**呼嚕呼嚕！**」

這隻貓又救了小班。他現在只有爬出窗戶這條去路了，雖然他身上穿著冰山裝，小班還是英勇地對警察說：「**我才不要！**」

然後，他等到一輛雙層觀光巴士放慢速度經過音樂廳，在恰恰好的時機縱身一躍。

呼呼呼呼咻～

咚！

他的屁股落在巴士最後一排座位上，巴士立刻就開走了。

咻咻咻～

小班對聚集在音樂廳窗前的警察們揮了揮手。

「**掰掰！**」他大喊。

接著，他開始在天上尋找神祕人影的蹤跡。

他往遠方望去，看見被月亮映襯出的黑影，那是乘著滑翔翼的神祕人影。問題是，觀光巴士正載著他開往反方向！小班按下下車鈴，快步下樓、下車，剛好看到另一輛倫敦觀光巴士往反方向開。小班過馬路搭上那輛巴士，快步跑到上層座位區。

他再次掃視天空，找到滑翔翼的影子。

神祕人影**飛過**泰晤士河，穿過倫敦塔橋，降落在世界上著名歷史建物之一的屋頂上。

倫敦塔。

小班的腦子嗡嗡作響。

那個人是不是打算
把**王室御寶**偷走？

24
噹！

小班爬到垃圾桶上，站到倫敦塔周圍高高的石牆上，凝望著夜間打了燈光的中世紀城堡。自從他和阿嬤試圖偷走**王室御寶**那一晚之後，他就沒來過倫敦塔了。

小班過了護城河，爬上第二堵城牆，然後跳進倫敦塔的庭院。他躡手躡腳來到滑鐵盧樓前，珍寶館就在這棟建築裡。

泰晤士河邊這幢城堡裡，有許多壯觀的建築物，包括：

倫敦塔的巡邏衛兵是御用侍從衛士，他們的綽號是「吃牛肉者」，因爲根據傳說，他們領的薪水就是牛肉！你光是看一眼就能認出這些衛兵了，因爲他們有：

鎖鏈中的聖彼得皇家禮拜堂

在倫敦塔被處死的許多知名死囚都被葬在了這個地方，英王亨利八世其中一個可憐的妻子──安．寶琳──就被葬在了這裡。

滑鐵盧樓

這棟建築以前是營房，現在是珍寶館的所在處，王室御寶就存放在這裡。

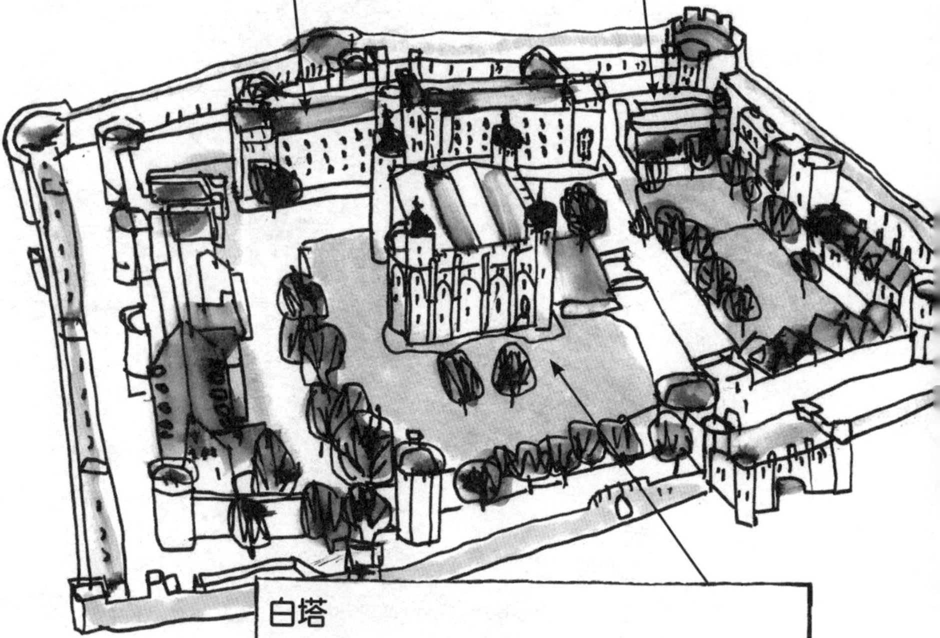

白塔

這是園區內最大的建築物，所謂「倫敦塔」指的就是這棟建築，它從一一〇〇年到一九五二年都是監獄，用來囚禁犯人。

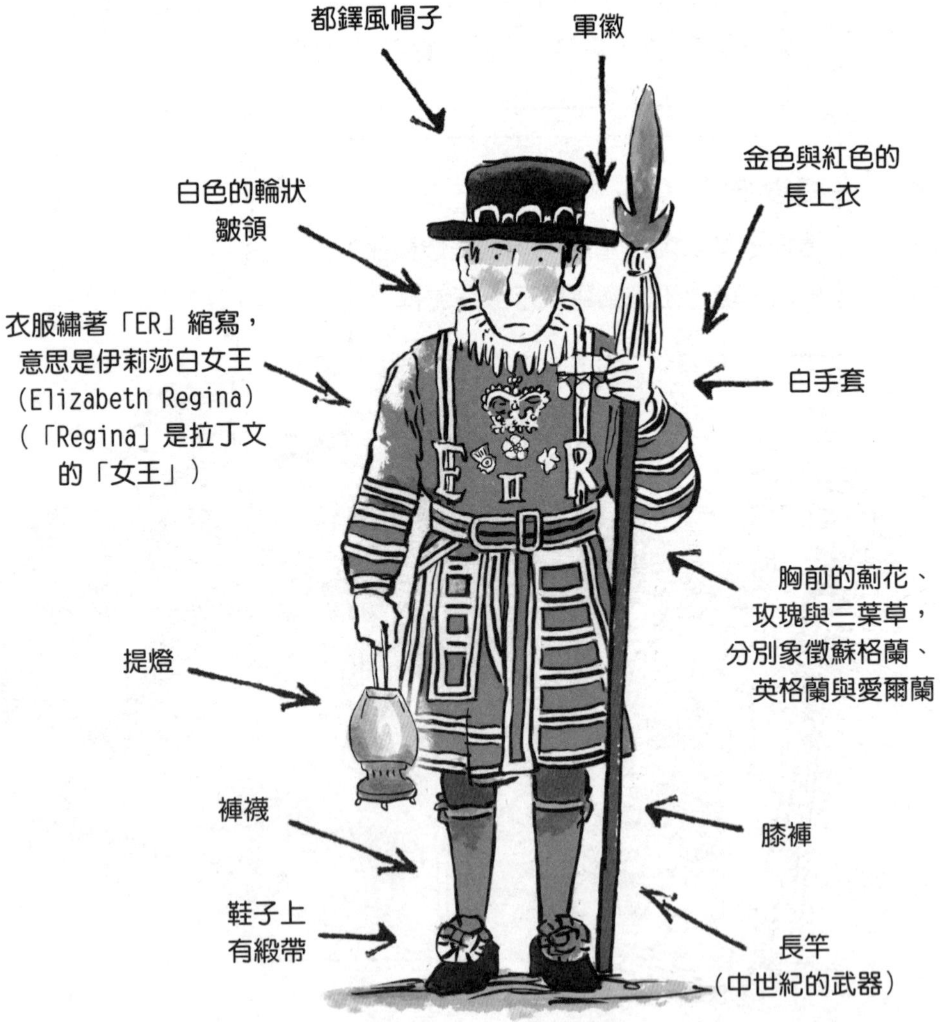
都鐸風帽子
軍徽
金色與紅色的
長上衣
白色的輪狀
皺領
衣服繡著「ER」縮寫，
意思是伊莉莎白女王
(Elizabeth Regina)
(「Regina」是拉丁文
的「女王」)
白手套
胸前的薊花、
玫瑰與三葉草，
分別象徵蘇格蘭、
英格蘭與愛爾蘭
提燈
褲襪
膝褲
鞋子上
有緞帶
長竿
(中世紀的武器)

傳統上，這些老士兵負責替君王保護**王室御寶**。

小班雖然身上還穿著冰山裝，還是設法躲在了陰影裡，沒有被發現。就在他來到珍寶館之時，小班聽到幾個吃牛肉者在交談。

「站住！來者何人？」

「**鑰匙**。」

「誰的鑰匙？」

「伊莉莎白女王的鑰匙。」

「伊莉莎白女王的鑰匙，繼續走吧。附近都沒問題。」

接著，小班聽到走在鵝卵石路面的腳步聲……

答！答！答！

然後又有人互相喊道：「上帝保佑伊莉莎白女王。」

「**阿門！**」

接下來，是時鐘敲響十次的聲音。

噹！噹！噹！噹！噹！噹！噹！噹！噹！噹！

小班抬頭看向珍寶館，只見**神祕人影**從建築物頂樓**爬**下來，正在撬開窗戶。那個人時機抓得正正好！他或她選了吃牛肉者做「鑰匙儀式」時前來——鑰匙儀式是衛兵在每晚十點鐘之前例行的儀式，今晚小偷就是利用衛兵**分心**的時候行竊。

小班躡手躡腳來到珍寶館旁邊，沿著排水管往上爬，爬到剛剛被神祕人影撬開的窗戶。進到室內以後，小班走下石階梯，來到展示**王室御寶**的一樓。

戴面具的人影站在擺放**王室御寶**的厚玻璃展示箱前，手裡舉著一條炸藥。如果要把展示箱的玻璃弄破，就只能用炸藥了，這個人肯定是想偷**王室御寶**！

王室御寶有很多件，其中最著名的是：

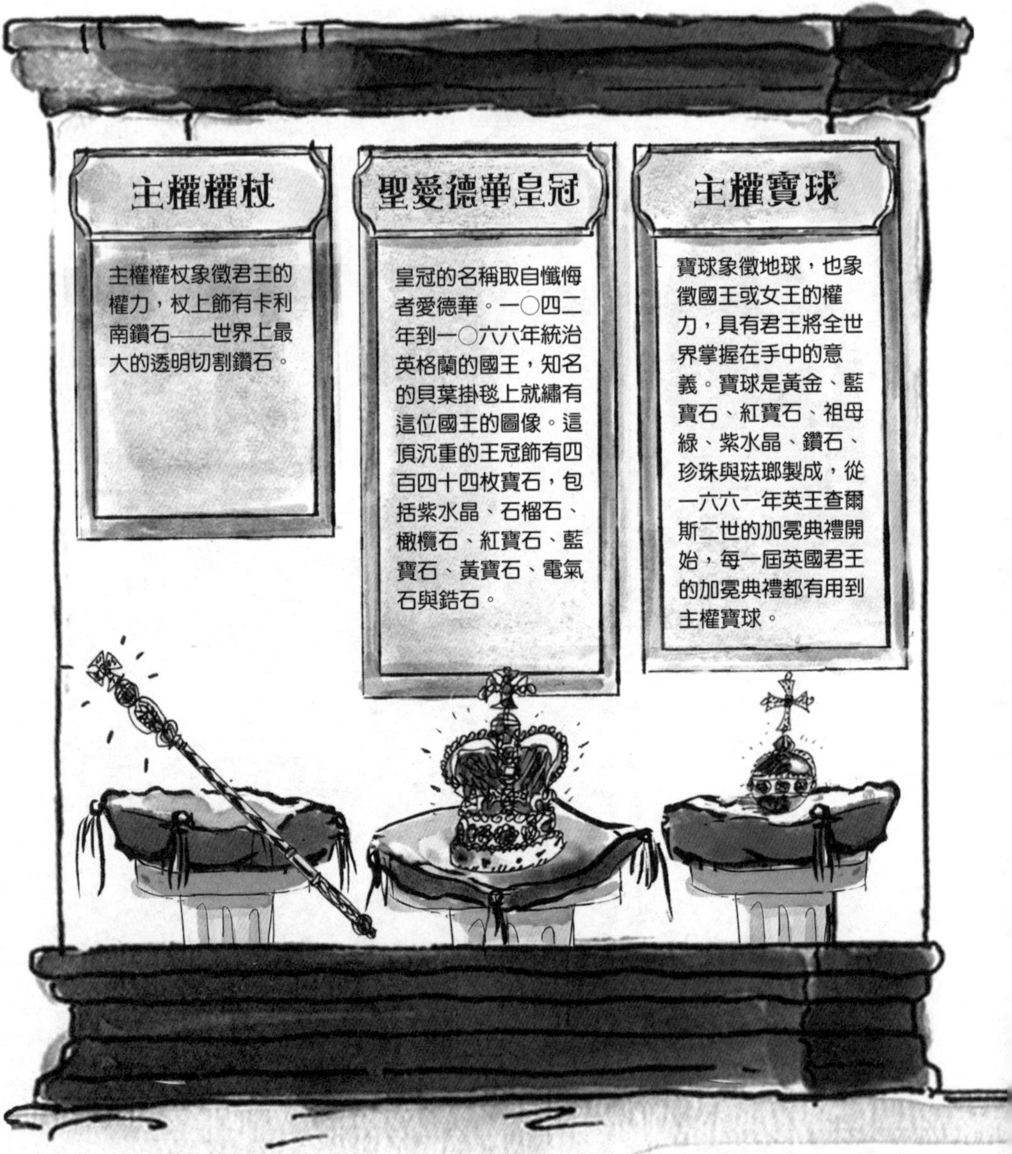
主權權杖
主權權杖象徵君王的權力，杖上飾有卡利南鑽石——世界上最大的透明切割鑽石。
聖愛德華皇冠
皇冠的名稱取自懺悔者愛德華。一〇四二年到一〇六六年統治英格蘭的國王，知名的貝葉掛毯上就繡有這位國王的圖像。這頂沉重的王冠飾有四百四十四枚寶石，包括紫水晶、石榴石、橄欖石、紅寶石、藍寶石、黃寶石、電氣石與鋯石。
主權寶球
寶球象徵地球，也象徵國王或女王的權力，具有君王將全世界掌握在手中的意義。寶球是黃金、藍寶石、紅寶石、祖母綠、紫水晶、鑽石、珍珠與琺瑯製成，從一六六一年英王查爾斯二世的加冕典禮開始，每一屆英國君王的加冕典禮都有用到主權寶球。

小班驚恐地看著人影點燃炸藥的導火線。

滋滋滋——、

再過片刻，它就要**爆炸**了！

人影把炸藥放在玻璃箱上的同時，躲在陰影裡的小班大喊：「拜託不要！」

「來者何人？」

小班一聽就認出那個聲音了。

是**女王陛下**！

第三部

天大的祕密

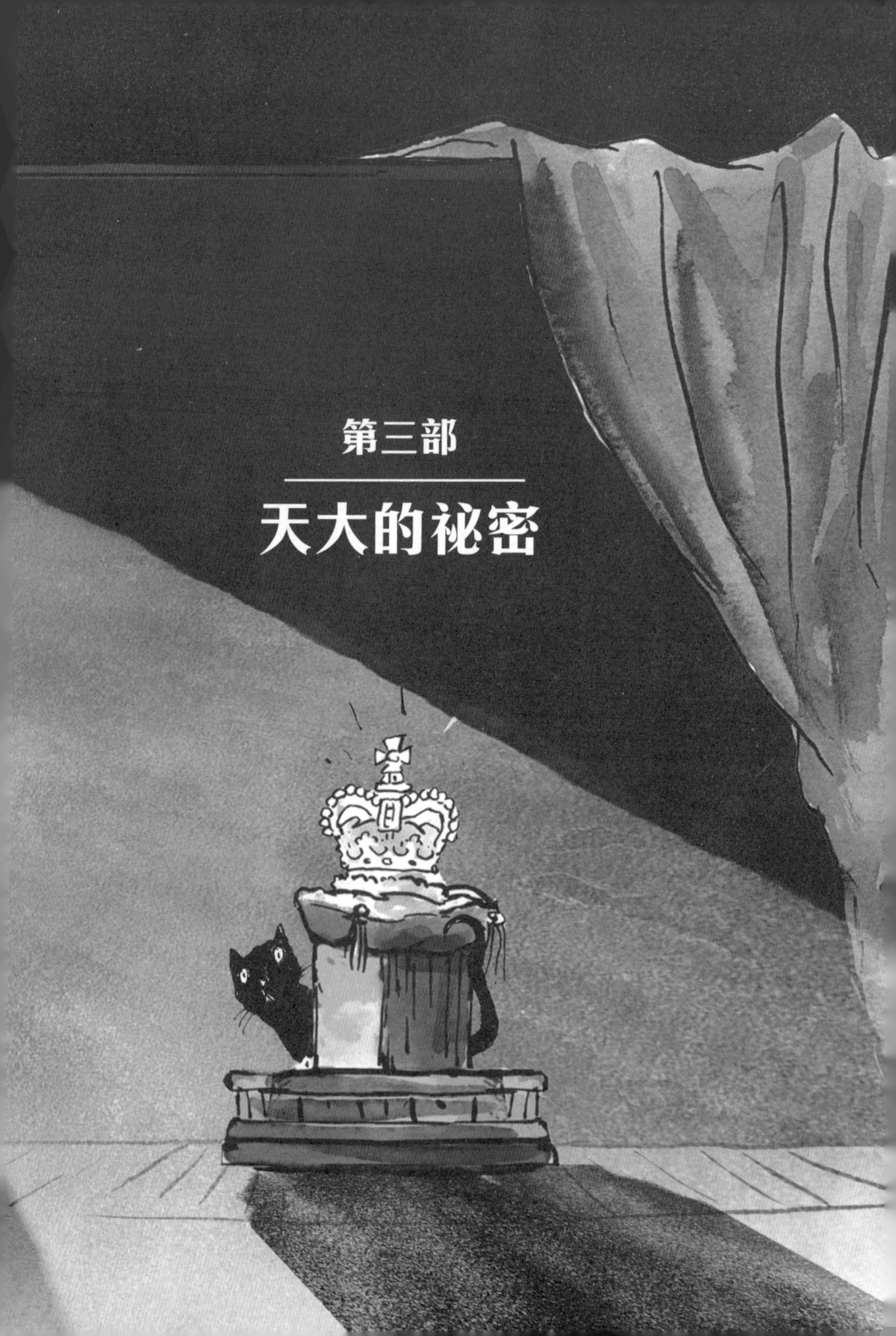

25 炸藥！

「**站住！來者何人？**」女王再次喝問，同時轉過身來，揭下面具。

小班從陰影走了出來，他震驚到全身都在發抖。女王怎麼會想把自己的**王室御寶**偷走？這真的是**莫名其妙！**

「陛、陛、陛下，是我、我、我、我——小班。」他結結巴巴地說。「我和阿、阿、阿嬤一年前就是在這、這、這間房間裡見到妳的。」

「的確呢。」女王高傲地回應。「哀家那晚赦免了你們祖孫倆，結果你改在今晚回來偷東西，是吧？還有，你怎麼會打扮成冰山的樣子？」

滋滋滋滋——、

「陛下！炸藥！」

女王看向越燒越短的導火線。「啊呀，眞是的！」她高呼一聲，開始一口接一口接一口對著導火線吹氣。

呼！呼！呼！

「它吹不熄！**幫幫我！**」

滋滋滋滋——、

小班衝過去，跟著吹氣。

呼！呼！呼！

可是不論他們吹得多用力，導火線就是沒熄。

「這該怎麼辦才好？」女王高呼。

「把它丟到窗外好了？」小班提議。「跟我來！」

兩人跑上樓，來到打開的窗前。

女王正準備把炸藥丟出去，就看見守在下方的衛兵。

「是我的吃牛肉者！」她斷聲說。

「換一個窗戶好了！」小班提議。

滋滋滋滋滋！

他跑到珍寶館另一側的窗戶前，可是女王才剛往外看就喊道：「是渡鴉！」

「渡鴉？」

男孩往下望去，看見一間小小的鳥舍，好幾隻黑色鳥兒在裡頭睡覺。

「我怎麼能把自己的**渡鴉**炸死！」

「是沒錯，可是再不把炸藥丟出去，**我們就要被炸死了！**」

滋滋滋滋滋！

他們跑到建築物另一側，打開窗戶。外面是一棵大樹。

「丟出去！快點！」小班哀求她。

滋滋滋滋——，

女王往窗外看。「樹上有一隻小松鼠！你看！我要是把松鼠炸死，就再也沒辦法面對自己的良心了！」

「再這樣下去，妳以後就不會有面對良心的必要了！」

滋滋滋滋——，

建築物只剩最後一邊了，小班打開最後一扇窗戶，女王往下望去。

「下面沒東西吧？」小班問她。

可惜的是，女王陛下並不這麼認爲。「那是紀念品店耶！」

「現在是半夜！店裡不會有人啦！」

「是沒錯，但是你想想看，那裡頭可是有很多倫敦塔鉛筆盒、吃牛肉者小公仔，還有一盒盒印了我的臉、價格高得離譜的脆餅呢！」

「給我！」小班怒斥一聲就一把從女王手裡搶過炸藥。「我沒記錯的話，地窖裡應該有一間舊茅房。」

「你怎麼知道？」

「《水管工程週刊》寫的啊！妳都沒讀過嗎？」

「我恐怕沒法說曾經有此榮幸讀過。」女王的回答意料之中。

「他們之前出了超棒的『古今馬桶特輯』喔！」

「喔！那我得找時間拜讀。」女王聽起來一點也不想拜讀雜誌。

滋滋滋滋——

炸藥的導火線幾乎燒完了，可能只剩最後幾秒鐘時間了。

「陛下，妳趕快找地方躲好吧！」

「謝謝你，不過我是『陛下』不是『屁下』，你要唸清楚。」

「我現在管不了這麼多啦！」小班高喊著衝下樓，找到了地下的舊茅房。女王跟著跑了下來。

滋滋滋滋——

木門上貼著告示：**舊茅房**。

小班把炸藥丟進古老的馬桶，用全力一拉沖水的鏈條。

嘩啦啦啦啦啦！

一兩秒過後，地底下傳來雷鳴般的爆炸聲。

咖砰！

26
汗水

小班被汗水噴了一身。

嘩啦啦啦啦啦啦！

他從頭到腳都被噴溼了，看起來真的很好笑。

「**哈！哈！哈！**」女王哈哈大笑。

「喔！是這樣啊！妳覺得我被汗水噴溼很好笑嗎？」

小班氣呼呼地說。

「是啊，是很好笑呢！**哈！哈！哈！**」

女王的笑聲很有傳染力，小班忍不住跟著笑了起來。

「**哈！哈！哈！**」

「**哈！哈！哈！**眞是好笑啊！」她高呼。「眞不知道我的衛兵聽到那陣可怕的聲音會怎麼想！」

「他們搞不好會以爲是有人鬧肚子在上大號！」

「**哈！哈！**一定是吃了很辣的國宴菜餚。」女王跟著說。

「**哈！哈！**我都不知道妳是這麼幽默的一個人！」

「年輕人，你不知道的事情可多呢。」

「那倒是！看到妳出現在這裡，眞的是嚇我一大跳！妳爲什麼要偷自己的**王室御寶**？」

「是我先問問題的。」她回道。

「有嗎？」

「對，我有。你爲什麼要打扮成冰山？」

「喔對，妳的確先問了問題。我參加了**交際舞**大賽。」

「我應該是在你上臺前就溜走了。」

「我老媽打扮成了鐵達尼號喔！」

「我的老天啊！」女王驚呼。「我這輩子見過不少垃圾表演，還沒看過誰用**交際舞**演出鐵達尼號沉船的故事呢！你們應該拿垃圾表演第一名！」

「所以妳偷偷溜走，把自己的蠟像留在那邊看表演！」

「你怎麼會知道蠟像的事？」

「我爬進王室包廂了啊！」

「糟糕，我本打算把觀賞舞蹈大賽當成完美不在場證明的——我不可能同時出現在皇家阿爾伯特音樂廳和倫敦塔嘛，這麼一來就不會有人懷疑我了！」

小班在腦子裡把事件拼湊起來。

「所以說，這些竊盜案都是妳犯的嗎？圖坦卡門面具、世界盃，還有妳自己的蠟像也是！」

「你怎麼知道其他案件是我犯的？」女王問他。「小子，給我從實招來！」

「妳看！」小班把**拼字遊戲**字母片拿出來給她看。「這是我在杜莎夫人蠟像館找到的！」

「**嘖！**」女王驚呼一聲。

「別擔心，警察沒有找到這個。」

「我還絞盡腦汁思考那片 Z 掉到哪裡了呢！在你闖進來打斷我之前，我本想留線索給警察的！」她拿出幾片**拼字遊戲**字母，在桌上排了起來。

H I S S

「這些字母片是特別的陶瓷做的，對不對？」小班問道。

「是**拼字遊戲**公司送給我的加冕二十五週年紀念禮物，而且是幫我特製的喔！」

「我們一般人用的字母片都是塑膠做的！」

女王嚇得臉色發白。「真的嗎？」

「沒錯！」

「喔不。不。**不**。**不**。我都沒注意到這件事，我是不是露出馬腳了？」

「馬腳全露出來了！」

「不過，警方應該沒發現這組拼字遊戲的主人就是我。」

「是『還沒』發現才對！」

「糟糕，要是被他們發現，我就麻煩大了。」

「麻煩大得不得了了。」

女王深呼吸一次，然後才說：「我得糾正錯誤才行。」

「我可以問妳一個問題嗎？」小班問道。

「一般人是不准直接對君王問問題的，不過這次就當作是例外，你問吧。」女王高傲地回答。

「妳爲什麼要打扮成我阿嬤的樣子？」小班問她。

女王突然露出興高采烈的表情。「我必須承認，這是我『參考』你阿嬤得到的靈感！祕密身分真是太棒了！我也好想當黑貓喔。對了，你阿嬤在哪裡？她今晚怎麼沒來？」

小班臉上浮現了哀傷，女王立刻就明白了。原來阿嬤已經走了啊。

「小班，那眞是太遺憾了。」女王對他說。

「我也覺得好遺憾。」小班說。

「我之前看到你們，就感覺到你祖母非常愛你。」

「我也很愛她。」

「我們離開以後，遺留下來的東西就只剩下愛了。」女王說。

「就算是妳也一樣嗎？」

「就算是我也一樣。」

「妳可是女王耶！」

「我可是**獨一無二**的女王呢！」她裝出驕傲的樣子糾正小班，眼裡閃爍著調皮的光芒。

「妳可是**獨一無二**的女王耶！」小班說。

「沒錯！生命中眞正重要的是你給別人的愛，還有別人給你的愛，在這方面不管是王子或乞丐都一樣的。」

「我跟阿嬤眞的都很愛很愛對方。」小班越說越哽咽。

女王張開手臂，
抱住小班。

27 用過的衛生紙

「唉呀，小班！我不是故意弄哭你的。」女王緊緊抱著小班說。

「我是喜極而泣啦！」小班邊哭邊說。

「眞的嗎？」

「眞的！」小班想用袖子擦眼淚，可是被厚紙板做的冰山裝卡住了。

「來，我幫你吧。」女王邊說邊從袖子裡抽出一張用過的衛生紙。

「妳袖子裡竟然有用過的衛生紙！」

「當然有囉，只要是當阿嬤的人都有，這是我們的規定。」

她幫小班把眼淚擦乾，然後忍不住在衛生紙上吐一口口水，用口水幫男孩擦臉。

「呸！」

「很噁耶！」小班抱怨。

「抱歉，我一直改不掉這個習慣，到現在還會這樣幫我的小孩擦臉，他們都超討厭我這樣！尤其是我們都在白金漢宮的陽臺上，全世界都看得到我們的時候！」

小班聽了輕笑起來，然後說：「可是陛下，妳還沒回答我之前的問題。妳今晚爲什麼要來倫敦塔偷妳自己的**王室御寶**？我怎麼也想不通耶。」

老太太微微一笑。「你知道當女王是什麼感覺嗎？」

「完全不知道！」

「女王常常要微笑、揮手、握手、剪綵、主持舞會，還有坐在巨大嬰兒車裡讓別人盯著你看。」

「巨大嬰兒車？」小班驚呼。

「我是指馬車，就是雅士谷賽馬場常看到的那種馬車。我們坐在馬車上，看起來簡直像打扮華貴的嬰兒！」

「我也這麼覺得！」小班說。

「女王整天都在做這些事，幾乎沒有刺激的事情可做！」

小班搔了搔頭，然後問她：「所以妳才決定要當新版**黑貓**嗎？」

「是啊，我也知道自己從女王轉職當小偷很不容易，這個變化眞的很大呢。可是啊，我已經過了很久很久的王室生活，我必須**突破自我**，做一些**瘋狂**的事！」

「話是這麼說沒錯，可是一定要偷東西嗎？」小班結結巴巴地說。「要是被抓到怎麼辦？」

「重點就是這份**刺激**啊！」

「要是大家發現女王是國際珠寶神偷，世界就要毀滅了！」

「那怎麼可能！」女王嗤之以鼻。

「妳應該可以赦免自己吧。」

「對耶，我都沒想到這件事。你眞是聰明！還有，你祖母給了我成爲國際珠寶神偷的靈感，我也從她身上學到，在偷完珠寶之後要把東西還回去。」

「謝天謝地。」小班說。

「這點非常重要呢。不用我說，你應該也知道偷東西是不對的行爲。」

「可是很好玩對不對？」小班嘻皮笑臉地問。

「是沒錯，很**好玩**可是很不應該。如果不把我偷走的東西放回去，那就大錯特錯了。所以，我從一開始就打算把東西還回去，可是我遇到一個問題。」

「問題只有一個嗎？」小班笑嘻嘻地問。

「從我大膽行竊以後，大英博物館和溫布利球場都加強了警戒。還有，我得趁警方仔細研究出**拼字遊戲**的祕密之前趕緊行動！」

「我來幫妳吧。」小班說。

「你爲什麼要幫我？」

「因爲這樣很**好玩**。而且，我以爲女王會是高高在上的人，可是妳其實很親切嘛。」

「謝天謝地啊！」

「我喜歡妳。」小班微笑著說。

「我也很喜歡你喔。」女王才剛說完，突然停下來用懷疑的眼神看著男孩。

「你該不會是希望我封你爲騎士吧？」

「不是啦，『小班・赫伯爵士』聽起來太搞笑了！妳對我還有我阿嬤這麼好，我只是想報答妳而已。」

「畢竟我也是我家孫子的阿嬤啊！我和你阿嬤都是**神偷**呢。」

「別人一定作夢都想不到，原來女王陛下也是**神偷阿嬤**。」

就在這時，他們聽見珍寶館門外的鑰匙聲。

叮叮！咚咚！

一把鑰匙插進了鎖孔，開始轉動。

喀擦！

然後，門逐漸開了。

吱呀！

「是吃牛肉者！」女王斬聲說。「我不能被他們看見！」

「那我們趕快逃走吧。」

小班拉著女王的手，兩人躡手躡腳爬上樓。幾個吃牛肉者提著燈籠走進珍寶館，在檢查**王室御寶**是不是發生什麼狀況時，小班和女王悄悄從開著的門溜到了庭院。

就在這一刻，震耳欲聾的警報聲響了起來。

鈴鈴鈴鈴鈴鈴鈴鈴鈴鈴鈴！

探照燈突然都亮了。

女王和小班驚恐地面面相覷。

「他們一定是發現我們剛剛闖進去了！」小班說。

「我把**拼字遊戲**字母留在裡面了！我眞傻！」

「糟糕。」

「我們該怎麼離開才好？」女王問道。

「妳有進過下水道嗎？」

「我還真沒進過，不過我很樂意嘗試**新事物**！」

「**那就跟我來！**」小班邊說

邊拉著她

離開**犯罪現場**。

28

髒髒

警報聲響起之後，倫敦塔瞬間擠滿了吃牛肉者！

老士兵們提著長竿，呼叫聲在夜裡此起彼落。

「站住！來者何人？」

「下水道的入口應該就在這附近！」小班用氣音說。

「可是在哪呢？」女王害怕地說。

小班低頭看著她的腳，她腳下就是水溝蓋。

「妳眞是天才！」小班稱讚道。

「是嗎？」

「妳看下面！」

「喔！我還真是天才！」

兩人跪下來，開始想辦法用指尖把沉重的金屬蓋掀起來。就在他們聽到警笛聲和尖銳的輪胎聲之時……

嗚——！嗚——！嗚——！嗚——！

嘰嘰嘰嘰嘰嘰嘰嘰嘰嘰嘰嘰嘰嘰！

……小班急急地說：「陛下，**妳**先請！」

女王低頭看著地上又髒又黑的洞。「不！不！**你**先請！」

男孩跳了下去，然後伸手扶女王下來。他們合力把水溝蓋拉回原位，蓋子才剛蓋好，他們就聽到有人從上面跑過去。

咚！咚！咚！

小班和女王進到從倫敦塔通往泰晤士河的舊汙水管了。

「陛下，妳會游泳吧！」小班的聲音在岩石管道裡迴響。

「我拿過游泳五十公尺的徽章，不過那已經是很久以前的事了。我會**盡力而為**的！」

汙水管裡有各種髒髒的東西：
其中最恐怖的是——**千年便便！**

「難怪他們在帶倫敦塔導覽的時候，不會帶人下來參觀汙水管。」女王說。

「陛下，捏住鼻子吧！」

「眞好玩！」女王捏著鼻子說話，聲音聽起來很**好笑**。

兩人走著走著，咖啡色的水很快就淹過腳踝。

淹過了膝蓋。

淹過了腰部。

淹過了胸口。

淹過了脖子。

他們走到汙水管的盡頭了，前面就是泰晤士河。

「閉上眼睛，憋住一口氣！」小班提醒道。

「我的老天啊！」

他緊緊握住女王的手，潛進冷冰冰的水裡。

兩人一起在水底游了一陣子，終於游到河面。

「啊啊！」

「呃呃！」

他們的頭浮出水面，隨著水波上上下下浮動，兩個人都在大口喘氣。

「我們成功了！」小班高聲說。

「我還是第一次有這種活著的感覺！」女王高喊。

現在時間很晚了，泰晤士河上沒有船隻……只有一艘警察的偵查艇朝他們直衝而來。

隆隆隆！偵查艇的引擎聲傳來。

船上放出響亮的警笛聲，小船乘著一波波河浪，起起伏伏地開來。

嗶啦！嗶啦！嗶啦！

嗚——！嗚——！嗚——！嗚——！

船開得太快了，小班和女王根本沒機會逃走。

「我們完蛋了！」小班高呼。

「不然躲到水面下好了！」女王提議。

「我們可能會被船輾過去！」

「對耶！我們完蛋了！還是說……」

「還是說什麼！」

「不然我躲在你後面，你不要抬頭。」

「然後呢？」

「他們可能會以爲你是漂在水上的垃圾！」

「有可能！」

結果事情比他們想像的還要理想，偵查艇快要撞上來的時候，船上一個警察大喊：「冰山啊啊啊！」

船上所有警察都放聲尖叫。

「啊啊啊啊！」

「不不不不不不！」

「別忘了鐵達尼號的教訓！」

「先讓長官逃命！」

「我們沒有救生艇！」

偵查艇突然大轉彎遠離「冰山」，原路折返了。

隆隆隆隆！

「眞是幸運！」女王說。

「我就知道老媽做的這套怪服裝總有一天能派上用場。」小班說。

兩人一起游到泰晤士河對岸，努力爬上岸。他們默默回頭望向倫敦塔，只見城堡附近到處都是人，一架警用直升機還開著探照燈在上空盤旋。

呼呼呼呼呼……。

越來越多警車開到現場，警燈閃爍、警笛大響。

嗚——！嗚——！嗚——！嗚——！

「接下來要去哪？」小班問道。
「我得回白金漢宮。」女王回答。
「爲什麼？」
「圖坦卡門面具和世界盃都藏在宮裡。」
「妳把它們藏在哪裡？」
「我的床底下。」
「我都不會把東西藏在床底下耶！」小班說。「老爸老媽如果要找東西，**一定**會先檢查床底下！」
「你別忘了，我可是女王，沒有人敢擅自檢查我床底下的。」
「說得也是。不過，白金漢宮在倫敦的另一頭耶，我們要怎麼過去啊？」
「你有帶錢嗎？」女王問小班。
「沒有。我沒帶錢出門。」
「我也是。不過話說回來，我可是女王呢！我從不帶錢出門的！」

「可是錢幣上都有妳的頭像耶！」
「正是因爲錢幣上有我的頭像，我才不用帶錢出門啊。」
「那妳有公車票嗎？」
「沒有。」女王回答。「但是我年紀夠大，可以申請免費的老人優待票了。我從以前就一直很想搭搭看公車，坐公車眞的有那麼歡樂嗎？」
「完全不歡樂啊，那可是公車耶！」
「喔，所以我其實也沒錯過什麼歡樂的體驗囉？」
「要這種體驗做什麼？我們用走的吧。」
「好啊！我們越早出發，就越早抵達目的地！」女王同意道。
問題是，他們才剛出發，就有一輛警車在他們面前停了下來，擋住他們的去路。
嗚——！嗚——！嗚——！嗚——！
嘰嘰嘰嘰嘰嘰嘰嘰嘰嘰嘰嘰！
「**眞是的！**」女王說。

29 法克回歸

小班和女王的狀況已經夠慘了，沒想到事情還可以變得更慘。一個人下了警車，小班馬上就認出皮西法克圓滾滾的身影！

「**好啊，好啊，好啊**，這是什麼狀況呢？」他邊說邊搖搖擺擺地走向兩人。

小班盡量低著頭，免得被警察認出來，女王則躲在小班溼答答的舞衣後面，可是浸溼的厚紙板已經快瓦解了。這兩個人怎麼看都很可疑，法克對他們的懷疑越來越深了。

「喔，竟然是你！班傑明．赫伯！我們又見面了！」

「喔！你好啊，法克警官。」男孩回答。「沒想到我們又見面了，我超

開心的。」他撒謊。

「等你母親聽到消息，你就麻煩大了！你不是被禁足了嗎？怎麼可以深夜在外面亂跑！」

「我是被禁足沒錯，可是後來我答應要陪老媽去皇家阿爾伯特音樂廳跳**交際舞**，所以就可以出門了。」

「是啊，我今晚在警用無線電頻道上一直聽到音樂廳那邊的事情。」法克說，一個譴責的眼神投向男孩。

「我惹上麻煩了嗎？」小班問。

「沒有比這更大的麻煩了！」

「糟糕。」小班說。

「沒錯，很糟糕。你後面這個人是誰？」

「我只是倫敦東區一個沒沒無聞的老太婆而已！你不用理我。」女王盡量用不像女王的聲音說話。

「我好像聽過妳的聲音！」法克驚呼。警察推開男孩，想仔細看看這個老太太。「**女王陛下！**」他邊說邊在女王面前下跪。

「眞是的，拜託別跟我下跪求饒！」女王罵道。「我眞的很受不了整天對我**卑躬屈膝**的人！」

法克努力想站起來，可是他的腿實在太不好使了，他怎麼也站不起來。

「能不能拜託你們幫幫忙？」他哀求道。

小班和女王合力把法克拉起來。

「這樣好多了！」他喃喃自語。「女王陛下，請問這個男孩是在騷擾妳嗎？我很樂意把他關進大牢，讓他再也見不得天日！」

「不用！不用！沒這個必要！其實我剛才差點溺水，是這個年輕人救了我呢！」

「是喔？」小班問道。

「**沒錯！你救了我！**」

「我救了妳！」小班同意道。

「喔對！妳全身都溼答答的！」法克說。「來！我的外套給妳！」

說完，他一把脫下外套，輕輕幫女王披上。

「多謝！」女王說。

「那請問這個男孩是怎麼拯救妳的呢？」法克又問。

「對啊，我是怎麼拯救妳的？」小班問道。

女王的表情有點慌張。「這個，呃，我摔進河裡了。」

「陛下，妳竟然摔進河裡了？」皮西法克大聲說。他實在不敢相信自己的耳朵。

「是『陛下』不是『屁下』，你要唸清楚。」小班說。

「屁下——不對，是陛下！——妳摔進河裡了？」

「沒錯！」女王回答。「我剛在皇家阿爾伯特音樂廳看完**交際舞**大賽，在回家路上請司機在路邊暫停了一下，讓我下車……呃……」

「買**烤肉**？」小班提出。

「對，你都記得。」女王同意道。

「**烤肉**？」法克重複道。他一臉震驚，看起來隨時會倒地不起。

「沒錯！**烤肉**！」女王回答。「我想坐在河邊享用**烤肉**。」

「司機不讓她在勞斯萊斯車上吃東西。」小班補充。

「就是這樣！」

「我老爸老媽也都不讓我在車上吃東西！」

「我的老爸老媽也一樣！」法克難過地說。

「所以呢，我在河邊散步，一不小心就絆倒摔進河裡了。**撲通**！還好我運氣不錯，這個打扮成冰山的男孩跳進河裡救了我！」

法克努力消化這份資訊。「那**烤肉**後來怎麼了？」

「我已經盡力了，」小班說，「但是它恐怕已經沒救了。」

「它葬身海底了。」女王邊說邊裝模作樣地爲沉沒的**烤肉**敬禮。

「太悲慘了。」一臉悲痛的法克喃喃自語。「這位年輕人眞是英勇，我會叫其他警察別再調查他今晚在阿爾伯特音樂廳的所作所爲。」

「法克警官，謝謝你。」小班說。

「另外，請容我再買一份**烤肉**給陛下！我很樂意爲妳服務！」

「不勞你費心了！」女王說。

「陛下，不用客氣！老實說，我自己也有點餓了，現在超想吃**烤肉**的！」

「我也是。」小班說。

「那我們別再閒聊，**趕緊上路**吧！」女王宣布。「走，我們移駕**烤肉店**！動作快！」

30 給我烤肉！

坐警車後座飛馳在倫敦街上，感覺眞是刺激。法克甚至特別爲女王開了警笛和藍色警燈。

嗚——！嗚——！嗚——！嗚——！

不管你肚子多餓，三更半夜買**烤肉**還是算不上緊急事件，但法克的車子後座可是載了**女王陛下**，他當然要好好表現一番。

「陛下，我幫妳買了土耳其辣醬**烤肉**。」法克坐在前座，邊說邊把一袋食物遞給後座的兩人，車內馬上飄滿了令人口水直流的速食香味。

「這位先生，謝謝你。」女王說。「可是你好像忘記拿餐具了。」

「什麼？」警察問道。

「還有骨瓷！」

「陛下，我們一般不會用盤子刀叉吃土耳其**烤肉**。」

小班邊打開食物包裝邊說。

「是嗎？那土耳其**烤肉**究竟是怎麼吃法？」

「用手吃啊！」

「眞好玩！」女王興奮地說。她咬了一大口，噴了法克一臉辣醬。

喀吱！

噗嘩！

小班哈哈大笑：「**哈！哈！哈！**」

「唉呀！」女王說。「你臉上好像噴到一點點辣醬了。」

「陛下妳別擔心，我等等會把它吃掉！」法克回道。「對了，還好妳沒有下車，剛剛的**烤肉店**牆上貼了妳的照片呢。」

「那眞棒，我得好好記住這家店。」女王瞇起眼睛看招牌。「『**烤肉霸**』！這個店名很好記，我會找時間打電話給**烤肉霸**，問他們願不願意幫我們下一場王室婚宴準備餐點！」

「那陛下，現在要去哪呢？」法克舔著臉上的辣醬問。

「我總不能這樣回白金漢宮吧！」女王指著身上溼答答的**黑貓**裝說，她的衣服現在沾了羊肉、番茄、萵苣、甘藍菜、洋蔥、小黃瓜，當然也沾滿了辣醬。「要是被我的管家看見了，那還得了？」

「那不然我們要去哪裡？」小班問她。

「我可以去你家，跟你們借一套衣服來換嗎？」她問道。

「**不行！不行！不行！**」小班回答。「我爸媽一定在生我的氣，怪我毀了今晚的舞蹈表演。」

「他們不知道你現在在哪裡，應該很擔心吧。」女王說。

「妳不瞭解我老爸老媽，他們只關心**交際舞**而已。」

「好吧，那我們還能去哪裡呢？」女王繼續思考。

「我老媽現在都不讓我帶別人回家了。」法克說。「我之前開一場派對，結果冰箱裡的食物全被吃光光了。」

「有多少人參加你的派對啊？」女王問他。

「就只有我跟警官卡克（PC Cake）兩個人而已。」

「喔。」

「她也很愛吃東西，甚至還啃了冰箱一口呢。」

「我知道可以找誰幫忙了！」小班說。

「誰？」法克問道。

「是啊，你覺得可以找誰幫忙？」女王問小班。

小班露出笑容。「陛下，妳有聽過『拉吉書報攤』這間店嗎？」

31

拉吉拜見女王

嗶嗶嗶嗶嗶……。

嗚——！嗚——！嗚——！嗚——！

小班、皮西法克和女王飛車急駛在倫敦市區，朝拉吉報攤直奔而去。

搭警車的好處是，只要開著警燈和警笛，路上其他汽車都會讓路給你……

你不用停下來等紅燈……

你隨時可以切西瓜穿過公園……

你可以逆向開進單行道……

你可以超所有人的車……

你可以加速過彎……

你可以逆向行駛……

你經過建築物密集的區域也不用減速……

你就算超速也不會被開罰單……

而且，你看起來**超級酷**！

法克讓警車尖聲煞車，停在拉吉的店門口，這時候小班和女王剛好把**烤肉**吃完了。

吱吱吱嘰嘰嘰嘰！

車子地板、座椅、天花板、窗戶和車內所有人身上都黏了**烤肉**碎塊。

更慘的是，後座的兩個人現在都臉色慘綠——如果你一邊大口吃東西，一邊經歷比雲霄飛車更刺激的車程，一定也會噁心想吐。法克打開車門時，小班和女王幾乎從車內摔了出來，還得互相攙扶著走向店門口。

「陛下，我會在車子旁邊等妳的。」法克說。「我來看看能不能用**嘴巴**把車子裡的**烤肉**清乾淨好了。」

現在已經是三更半夜，拉吉一定睡著了吧。

小班對著書報攤樓上的窗戶呼喊了起來。

「**拉吉！拉吉！**」

沒有人回應。

「**拉吉！拉吉！醒醒啊！**」

與此同時，女王在地上撿起一顆石頭。

「這顆石頭應該比較有用。」

她邊說邊把石頭往窗戶一丟。

框啷！

「啊呀！」女王說。

穿著條紋睡衣的拉吉立刻出現在破窗前。

「是誰亂丟石頭？」他凶巴巴地問，聽起來很像是老師在訓話。

「小班？是你丟的嗎？」

「不是。」

「那不然是誰丟的？」

大家沉默了片刻。

「我問你，是誰丟的？」

最後，女王出聲說：「是我！」

「喔！是妳啊？」

女王點點頭。

「妳以爲妳是誰啊？」拉吉低頭看著兩人，不高興地罵道。

「拉吉，她是**女王陛下！**」小班回答。

「她最好是女王。我還**威利・旺卡**咧！」拉吉喊道。「你們別動，給我在那邊等著！」

沒過多久，書報攤的鐵捲門就拉了起來，拉吉趕緊催小班和女王進店裡。

「別把我的鄰居都吵醒了！」他說。

「我誠摯地表達我的遺憾，我把你的窗戶砸破了，眞的很抱歉。」女王宣布。

「妳到底是誰？」拉吉問道。

「我是**女王**！」她高傲地回答。

「你們是在惡作劇吧！一定是哪個電視藝人喬裝成女王的樣子！我這就把妳的假鼻子拔下來！」拉吉高呼。

「先生，放開我！」女王被拉吉扯著鼻子，高聲呼喊。

「**拉吉！住手！**」小班邊央求邊把朋友拉開。「我知道這聽起來很莫名其妙，可是她眞的是女王！」

拉吉這才發現自己錯了，眼睛裡燃起了深深的惶恐。「**尊貴的女王陛下**，請妳饒了小的。」他跪了下來。「拜託別判我**叛國**，別把我關進倫敦塔啊！」

「喔！我已經好幾年沒做這種事了呢！」女王抿著嘴說。「不過我要是想這麼做，還是可以把你抓去關的。好了，起來吧！」

「那既然我已經跪著了，要不要趁機封我爲**爵士**？」拉吉一面問，一面拿了根糖果棒遞給女王，要她把糖果棒當劍用。

「起來啦！」女王重複道。

拉吉仔細看著她。「看到妳的臉，我就想到要去買郵票！」

女王無奈地嘆一口氣，看向小班，小班聳聳肩膀。

「**尊貴的女王陛下**有沒有興趣買我們店裡的特價商品呢？」拉吉接著說。「糖粉棒棒糖買十六送一！我還可以附贈一塊只有稍微被啃過的水果糖喔！」

「這個人瘋了！」女王下了結論。

「大家就是喜歡他瘋瘋癲癲的樣子。」小班說。「拉吉，夠了啦，女王需要請你幫忙。」

拉吉敬了個禮。「**陛下，世界知名拉吉書報攤的老闆拉吉，這就來爲您效勞！**」

32 機密任務

拉吉立刻動手幫小班和女王找乾衣服，可是他店裡就只有萬聖節賣剩的服裝而已。

「陛下，這件剛好符合妳的尺寸。」

拉吉把一套龍蝦裝交給女王。

「我還是頭一次打扮成**龍蝦**的樣子呢，眞有趣！」她帶著服裝走到旋轉卡片架後面，開始換衣服。

拉吉接著拿起一套公主服裝，可是他還來不及說話，小班就搶先大叫：

「**不要！**」

「『不要』是什麼意思？」拉吉問他。

「不要就是不要！我才不要打扮成公主！」

「可是你穿這件一定很漂亮耶！」拉吉懇求。

「**不要！**」

「龍蝦裝對你來說太大件了，你只能穿公主裝。」

女王穿著龍蝦裝走過來。

「紅色**好**適合妳喔！」拉吉稱讚道。

「謝謝你啊，拉吉先生。小班，夠了，你總不能繼續穿著溼衣服吧，要是感冒了還得了！」

「可是——」

「班傑明，別跟我『可是』了！還不快穿上！這是女王給你的命令！」

小班**哼**了一聲，躲到旋轉卡片架後面換衣服。

過一小段時間，他彆扭地走了出來，身上穿著公主裝，臉上的表情很臭很臭。

「我剛剛不是說你穿公主裝一定很漂亮嗎？」拉吉開口說。

「嗯。」

「我錯了。」

在女王的許可下，小班把故事完完整整地告訴拉吉，然後他們逼拉吉發誓保密。拉吉一隻手放在心口，另一隻手搭在一本《比諾》漫畫（The Beano）上，鄭重地發誓。

現在，他們必須請拉吉幫忙把世界盃和圖坦卡門面具歸回原位。

「這時候就要用到**拉吉飛車**了！」拉吉高呼。

「喔喔！它可以開得很快嗎？」女王問他。

「並不能！」小班回答。「搭公車可能還比較快。」他往書報攤窗外望去，看到法克在舔警車的擋風玻璃。「我知道了！」他興奮地說。「我們借用警車好了！」

「法克不可能把車子借給我們的。」女王說。「而且我們絕不能讓他知道眞相。」

「我們一定能想到說服他的方法的！」小班說。

女王把法克叫進拉吉書報攤，開始對他下命令。「那麼，」她說道，「皮西法克，我知道你是對王室盡忠的公僕，我想請你完成一項非常危險的**機密**任務。」

皮西法克興奮到眼睛都亮了起來。「陛下，『**危險**』可是我的中間名啊！」

「眞的嗎？」拉吉問他。

「其實不是，我的中間名是金柏利。」

「聽起來好像不太厲害耶。」小班評論道。

「兩位，夠了！」女王說。「法克！我想請你留在拉吉書報攤，賭上性命守護這裡所有的糖果和巧克力！聽懂了嗎？」

警員環視拉吉店裡所有的點心，對熱愛甜點的人來說，這地方簡直是大寶庫。

「完全聽懂了，陛下！那如果我肚子餓了，可不可以吃這邊的糖果？」

「不行！」拉吉罵道。

「可以！」女王回答。「我可是女王呢，我要否決拉吉先生說的話！你可以吃，但是別太誇張！」

「陛下，我會嚴以律己的！」法克邊說邊拆開一大包棉花糖。拉吉像是死守著骨頭的一條狗，對法克低吼了起來。「吼吼吼！」

「太棒了！那把你的車鑰匙給我吧！」女王伸出手說。

「我的車鑰匙？」警員滿嘴粉紅色棉花糖，口齒不清地說。

「沒錯。**動作快啊！**」

「陛下，真的很抱歉，可是我不能把警車的鑰匙交給別人啊！」

「快交出來！」

「我辦不到啊！」

「拉吉！」女王說。「沒收他的棉花糖。」

書報攤老闆想把棉花糖搶過來，但是他還沒搶到，法克就已經伸手從褲子口袋掏出一串車鑰匙了。

「非常感謝！」女王邊說邊一把拿過鑰匙，大步走出店面。

叮！

女王坐上駕駛座，拉吉和小班坐到後座。女王轉動車鑰匙，引擎開始隆隆作響。

隆隆！隆隆！

法克從拉吉報攤的窗戶往外望，一隻手深深插進了裝滿太妃糖夾心軟糖的罐子。

「別碰我的**夾心軟糖**啊啊！」拉吉哭喊。

小班從後車窗往回看，那一瞬間，他似乎在樹叢裡看見一頂平底帽。

不會吧……

現在已經很晚了。

已經過了小班睡覺休息的時間。

他一定是太睏了，腦子都不正常了。

「夠了，別再為你的夾心軟糖哭鬧了！」女王說。「我們來測試這臺車的**極限**吧！」

說完，她用力往油門一踩。

踏！

警車朝黑夜飛馳而去，奔往全新的一場冒險。

曄曄曄曄曄曄曄曄曄……。

33

七隻沉睡的柯基

女王雖然年紀大了，開車卻還是非常快。沒過多久，警車就在白金漢宮大門口尖聲煞車，停了下來。

吱吱嘎嘎嘎嘎～！

女王衛隊其中一個人敲敲車窗，問道：

「能讓我看看通行證嗎？」

「我的通行證就在這裡！」女王指著自己的臉說。

「**陛下！**」衛兵鞠躬說。「真抱歉！我剛剛沒認出是妳！」

「我原諒你！」

「妳突然不見了，大家都很擔心呢！」

「喔，是嗎？」

「既然妳安安全全回到家了，我這就通知警方結束搜索。」

「麻煩你了。」

「是啊，我們本來以爲妳好幾個鐘頭前就會回來了。」

「事情其實很單純。」女王回答。

「是嗎，陛下？」

「我在回家路上停下來買了**烤肉**！」

衛兵非常震驚。「陛下，妳說是**烤**、**烤**、**烤肉**？」他結結巴巴地說。

「沒錯，土耳其風味**烤肉**，**味道超級無敵好吃美味**。」

「那就好。另外，我想請問陛下爲什麼要打扮成龍蝦？」

「我想微服出巡嘛！**還不快開門！**」

鐵門打開了，警車快速開進庭院。

「哇！當女王好像很酷耶！」小班說。

「有時候的確很酷。」女王說。

「我也想當，我要去哪裡應徵？」拉吉問。

女王微笑著把車開到白金漢宮大門前。

現在是凌晨，除了夜班衛兵以外沒有人在外面。這樣也好，否則女王還得解釋自己爲什麼這麼晚才從皇家阿爾伯特音樂廳回來，而且還穿著龍蝦裝、開著警車。

「**動作快！**我們拿了贓物就速速離開！」她嘶聲說。

「可以帶我們參觀皇宮嗎？」拉吉問她。

「改天再說！」女王斥道。

她帶著小班和拉吉走進世界知名建築之一——白金漢宮。這座皇宮有三百年歷史，從維多利亞女王在一八三七年即位開始，它就一直是英國王室的家。不出所料，皇宮內部果然非常壯麗華美。

「我知道皇宮是很奢侈的地方，」小班驚奇地瞪大眼睛說，「可是我作夢都沒想過它會這麼華麗。這裡比奢華還要奢華，簡直**超奢超華**[5]！」

牆上掛著油畫

天鵝絨窗簾

華麗的壁紙

大理石壁爐

各種金飾

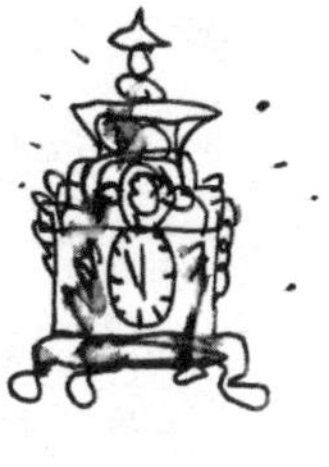

5 你翻翻**咸廉大辭典**查查看，真的有這種說法，意思是非常非常非常非常非常非常非常非常非常非常非常非常非常非常非常非常非常非常奢華。

青銅雕像

古董家具

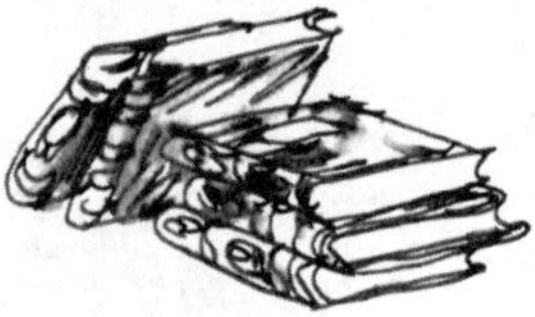

皮革書

到處都是柯基毛

絲綢地毯

「多謝誇獎！」

「不過打掃起來應該很費時間吧。」拉吉說。

「安靜點！別把其他人吵醒了！」

三人躡手躡腳地走下長廊、爬上華麗的樓梯，進到女王的房間。這裡眞不愧是女王的房間！

房間擺設看起來已經好幾十年沒變了，梳妝臺上擺著古董皮革珠寶盒，書架上整齊地擺著舊黑白照片，銀相框都擦得乾乾淨淨、亮晶晶。房間裡最大的家具是一張高雅的四柱木床，床上還鋪著奶油色絲布床罩。

小班往女王的床上看去，看到一隻、兩隻、三隻、四隻、五隻、六隻……七隻柯基犬！

七隻狗在床上打呼和放屁。

「別把狗狗吵醒！」女王小聲說。

拉吉和小班安安靜靜地點頭。

「牠們如果叫了，整座皇宮都會被吵醒！」

女王關上房門，鎖了門，然後指向床底下藏了圖坦卡門面具和世界盃的空間。這部分就有點困難了——他們要怎麼在不把七隻柯基吵醒的情況下，把贓物從床底下弄出來？

「七隻沉睡的柯基」，聽起來好像桌遊或遊樂園遊樂設施的名稱喔。但這並不是遊戲。

至少，目前還不是。

女王動作很慢地跪下來，然後招手叫另外兩人模仿她的動作。她掀起絲布床罩。

兩件無價珍寶在床底下的黑暗中微微反光，小班和拉吉伸手把世界盃從床底下拉出來，輕輕放在地上的絲布地毯上。

女王微笑著點點頭。

接下來就比較麻煩了。圖坦卡門面具比世界盃重得多，他們三人必須合力把它從床底下拖出來才行。他們慢慢行動，好不容易把它放上了絲綢地毯，過程中完全沒發出聲響。

然後他們站起身來，深深呼吸。

噗噗噗噗！

小班和拉吉被聲音嚇到了，女王搖搖頭，表示沒什麼好擔心的，只是有柯基放屁而已。可是，她忍不住雙眼泛淚……這個屁好像特別**臭呼臭呼**[6]。

小班和拉吉驚恐地互看一眼。這可是致命的屁啊！他們感覺快窒息了，或是快昏倒了，或是邊窒息邊昏倒了。

這下，他們必須盡快把寶貝帶出女王的房間了。

女王自己拿起世界盃，揮手要拉吉和小班合力搬起純金做的面具。就在拉吉彎腰要搬面具時，那個聲音又響了起來。

6 這是知名作家大衛・威廉自創的單詞，收錄在他自己編寫的**威廉辭典**裡。每一家糟糕的書店都買得到**威廉大辭典**喔！

噗噗噗噗！

拉吉瞬間紅了臉，女王一臉噁心地看著他。這次不是柯基放屁，是拉吉放屁！

這個屁實在太響，七隻柯基都同時被吵醒了。

「汪！」「汪！」「汪！」「汪！」「汪！」「汪！」「汪！」

牠們一直叫一直叫一直叫。

「為什麼牠們不會被自己放的屁吵醒，我放屁牠們馬上就醒了！」拉吉高呼。

「安靜！安靜！安靜！」小班努力安撫柯基，但他越是努力，柯基就叫得越大聲。

「汪！」「汪！」「汪！」「汪！」「汪！」「汪！」「汪！」

狗狗咬住拉吉的睡褲，開始用力拉扯。

啃啃啃！

「這下全倫敦都要被牠們吵醒了！」女王驚呼。「我們得趕快離開！快點啊！」

小班和拉吉搬起面具往房門走去，七隻柯基則跟了上來。

「汪！」「汪！」「汪！」「汪！」「汪！」「汪！」「汪！」

就在他們來到房門口時，房外有人大聲敲門。

叩！叩！叩！

「陛下，不好意思！」某個口音優雅的人說道。

「我是管家芭樂，請問房間裡都沒事嗎？」

「都沒事喔，芭樂！多謝關心！」女王大聲回答。

「今晚皇家阿爾伯特音樂廳鬧成一團，妳突然不知去向，大家都很擔心妳的狀況呢。」

「反正我現在回家了！多謝關心！」

「那眞是太好了，不過陛下難得這麼晚才回家呢。」

「我在路上買了**烤肉**才回來！」

「眞好呢，陛下。陛下，我可以進房嗎？我剛才好像聽到人說話的聲音！」

「不能走這邊——我們得走別條路出去！」女王斷聲說。

「陛下，眞抱歉！我沒聽清楚！」芭樂喊道。

「沒事啦，芭樂！」

「芭樂是他的名字嗎？」小班問。

「是啊，他的名字叫芭樂，他是我的管家。很好記的名字吧！」

「汪！」「汪！」「汪！」「汪！」「汪！」「汪！」「汪！」

「陛下，情況好像不對勁！」管家芭樂說。「妳的語氣好像不太對，請立刻開門！」

管家在門外轉動門把，還用肩膀撞門。

女王好像一時說不出話來，拉吉只好模仿她的聲音說話。

「芭樂的管家芭樂，我的狀況很好喔，好得不得了！」他大聲說。

他聽起來**超奇怪**！

就在這時，又一隻柯基對入侵者產生了敵意。

「吼吼吼！」

牠朝拉吉飛撲過去，一口咬在他屁屁上。

咬！

「好痛啊啊啊啊啊！」拉吉恢復自己的聲音，大聲呼喊。「**我的屁屁！**」

「**安靜啦！**」小班說。

可是沒有用。

「我的屁屁要被活活吃掉了！」

「陛下，我這就去拉警報！」芭樂高聲說。

「我馬上就帶衛兵回來！」

他的腳步聲迴響在走廊上，逐漸遠去。

「我們快跑！」女王嘶聲說。

她開了房門的鎖，三個人帶著寶物快步離開房間，

七隻柯基一路跟了過來。

「**汪！**」「**汪！**」「**汪！**」「**汪！**」「**汪！**」「**汪！**」「**汪！**」

「安靜！」女王說，但是沒有用。柯基不停對兩個陌生人吠叫，而這也怪不得牠們，畢竟小班和拉吉怎麼看都像是帶著贓物要逃跑的小偷。問題是，狗狗實在太吵了，衛兵一聽就知道三個人在皇宮的哪個位置。

在前方，一隻黑貓站在吊燈上。

那是小班之前看過的黑貓嗎？

「陛下，妳有養貓嗎？」小班問。

「沒有！我當然沒養貓了。如果有，我的狗一定會成天追著牠到處跑。」

「那在吊燈上晃來晃去的貓是誰家的？」

「牠是怎麼跑進來的？」女王驚呼。

他們走近時，貓咪大聲對狗狗「喵嗚」叫，吸引牠們的注意力。

七隻狗突然停下腳步，馬上安靜下來。和拉吉的睡褲相比，貓咪好啃多了。

然後——「汪！」「汪！」「汪！」「汪！」「汪！」「汪！」「汪！」——牠們又吠了起來，叫得比剛才還要大聲。

貓咪用尾巴掛在吊燈下，然後發出凶狠的嘶聲：「嘶嘶！」

七隻柯基開始嗚咽：「嗚嗚嗚～！」然後牠們都夾著尾巴逃走了。

「謝謝妳！」小班對貓咪說。

「我覺得這隻貓應該聽不懂。」女王說。

「我覺得她聽得懂耶！」小班回道。

女王露出納悶的表情，可是小班不打算把祕密告訴她。阿嬤去世以後，這隻黑貓幫了他好多次，就和阿嬤一樣一直在照顧他。說不定阿嬤的靈魂和貓咪同在呢。

34 人生苦短！

三個冒險者很快就回到法克的警車邊，就在年老的管家和女王衛隊追過來的同時，三人快速跳上車。

隆隆隆隆隆隆隆隆！

女王用力踩下油門，但就在這時候，英勇的管家縱身跳到了警車的引擎蓋上。

咚！

「陛下！快停車啊！」車子快速穿過庭院，管家趴在車子上大喊。

老先生的臉貼在擋風玻璃上，女王發動汽車雨刷，想要把他刷掉。

刷～刷～刷～刷～

可是老管家說什麼也不肯放開。

「**芭樂，別擔心！我只是想開這輛偷來的警車出去兜風而已！我會準時回來吃早餐的！**」

開得離跑步追來的衛兵夠遠以後，女王讓警車慢慢停下來。

「芭樂，你是非常優秀的管家，」女王說，「但是請別爲我操心！我現在可是玩得**不亦樂乎**呢！」

管家從引擎蓋滑下來，走到駕駛座窗邊。

「陛下，請好好享受這份自由，這是妳應得的！」

「芭樂，你人眞好。」

「那陛下早餐要吃水煮蛋配吐司條嗎？」

「你眞瞭解我。」

「另外，我覺得陛下打扮成龍蝦眞是**光彩照人**。對了，後面這個可愛的小妹妹是誰呢？」

小班哼了一聲。「**哼哼！**」

這時候，女王衛隊追上來了，還有一些人跑到前面去關皇宮大門。

「我真的很想和你多聊一會兒，不過我還得出去闖禍呢！再見囉！」女王喊道。

管家驕傲地對女王敬禮，女王則開著警車飛馳而去。

咻咻咻咻咻咻咻咻咻咻咻咻咻咻咻咻咻……。

「我們過不了鐵門的！」小班高呼。鐵門正快速關上，這臺警車太寬了，沒辦法從縫隙鑽出去。

「大家往我這邊靠！」

小班和拉吉照女王說的往旁邊靠，整輛車突然側了過來，用兩顆輪胎行駛。

「不會吧——」拉吉說。

「沒錯！人生苦短嘛！」女王邊說邊加速。

咻咻咻咻咻咻咻咻咻咻咻咻咻咻咻咻咻咻咻咻咻咻咻咻咻咻

咻……。

「我不敢看了！」拉吉躲在面具後面大叫。

警車勉強從還沒關上的鐵門中間鑽了出去，然後拉吉和小班倒回車子另一邊，讓汽車四輪觸地。

「陛下，妳**瘋了**！」小班說。

「多謝誇獎！」女王說。

警車就這麼飛速消失在夜裡。

35 滑水道

他們的第一站是溫布利球場，任務是歸還世界盃。汽車尖響著停在球場外時，小班問：「妳上次是怎麼進去的？」

「我是把包包變成滑翔翼從空中飛進去，直接降落在球場中間。」

「太了不起了！」拉吉評論道。

「包包滑翔翼是去哪裡買的啊？」小班說。「我也要！」

「那東西當然是我去特勤局總部拿的囉！」

「喔，原來如此！」小班俏皮地說。「我早該知道的。」

「包包滑翔翼現在在哪裡？」拉吉問。

「我把它放在倫敦塔頂樓了。」女王說。

「喔！」拉吉說。

「是啊……喔。」她回道。

「我想到辦法了！」小班得意地宣布。

「是你在《水管工程周刊》找到的線索嗎？」女王問他。

「不是。」小班說。「我是在圖書館看書的時候看到的。球場的草皮裝了高科技灑水系統……」

「我就知道一定是和水管工程有關的線索！」

「……所以說，一定有一條大水管連結了水箱和球場，我們只要找到水箱就可以想辦法進到水管裡了。問題是，水管裡可能非常擠喔！」

拉吉用力舉手。

「有什麼問題嗎，拉吉？」小班說。

「你說的『我們』是指誰？」

「我是指我們三個人，不過我們得留一個人在水箱旁邊，負責開關閥門。」

「**交給我了！**」拉吉說。

女王開始慢慢繞球場外圍找水箱，卻被小班叫住：「**等等！**」

小班看到一個大金屬箱，上面的告示牌寫著：**控水閥**。

「一定在這下面！」

他們掀開金屬蓋，下面是和游泳池一樣大的大水箱。

「陛下，我還是自己去好了。」小班開口說。「閥門打開的時候，水會沖下這條水管，我們在裡面會像在玩滑水道一樣，被水沖來沖去。」

「我從以前就很想玩滑水道了！」女王回答。

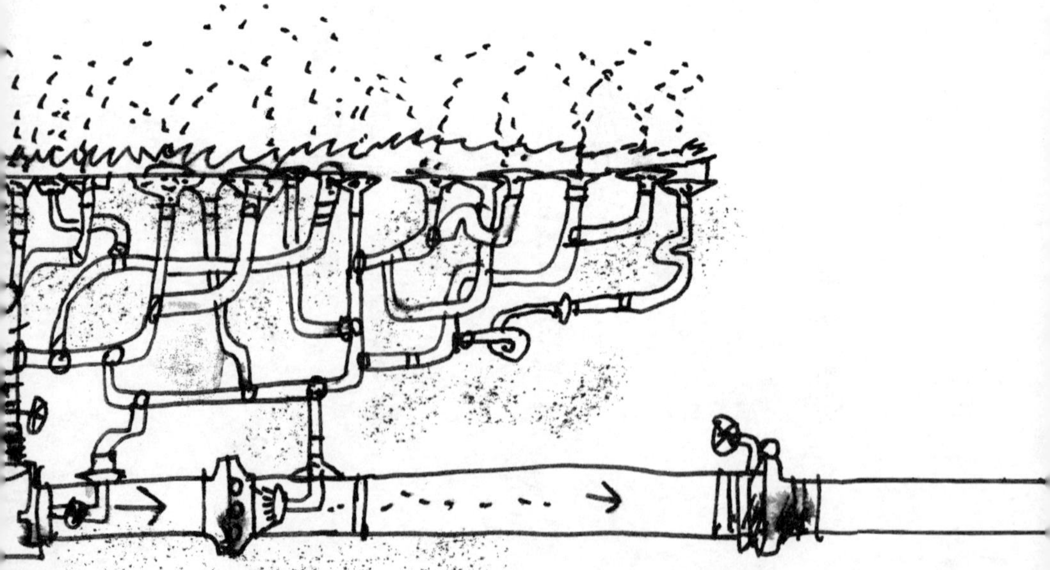

「那我們一起去吧。拉吉，等下我叫你動手，你就把閥門轉開，打開水管。」

「好喔！」他回答。

「女士優先！」小班說。

女王緊緊抓著世界盃金雕像，從人孔跳進下方的水箱。

撲通嘩啦啦啦啦啦！

「會冷嗎？」小班喊道。

「我、我、我不想破、破、破壞驚喜～！」女王牙齒打顫地回答。

小班皺著眉頭跳下去。

撲通嘩啦啦啦啦啦！

他突然被水冷到了，大大地倒抽一口氣。

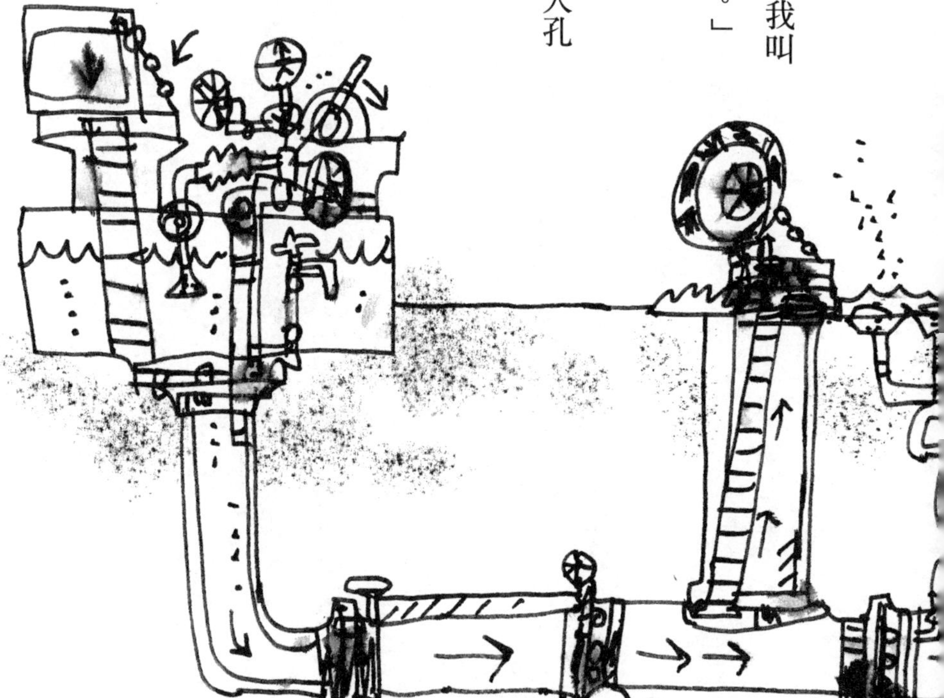

「啊啊啊啊啊——！」

他對還在上面的拉吉下指令。

「把最上面的控制桿拉到最右邊……動手吧！」

拉吉照做了。「拉好了！」

水箱裡的兩人瞬間感覺到自己在旋轉下降，他們彷彿泡在巨大的浴缸裡，被拔了塞子的排水口吸過去。他們被吸進一條窄水管，感覺還眞的像在玩滑水道。

「哇哇哇哇哇哇！」

女王被沖下水管時放聲歡呼。

「別放開世界盃！」小班喊道。他的聲音迴盪在長長的金屬管裡。

不久後，水管裡的水完全淹過兩人，水壓逐漸增加，草坪下的灑水器準備噴水。小班一隻手抓住梯子，另一隻手拉住女王。梯子通往上面一條管道，管道最上面有個類似潛水艇艙門的活板門。

小班轉了轉活板門的鎖，打開門就發現他們已經在溫布利足球場上了。

他爬了出來，扶著女王爬上最後幾階，然後兩個人靜靜站在原地，看著水灑在月光下的大草坪。這真是**怪異又美麗**的畫面，空氣中彷彿飄著**魔法**。

「你要永遠記住這一刻。」女王說。

「我會的。」小班邊說邊冷得直發抖。

「這是只屬於我們兩人的特別回憶，沒有人能把它奪走。」

他們又默默站了一下，然後女王說：

「**冷死我了。**」

「是不是有點冷啊？」

「我們趕緊把這東西放回展示櫃，趕緊離開這裡吧！」

「展示櫃在哪裡？」

「我沒記錯的話，我們應該要進那邊的門。」女王指著球門後面一對高高的金屬門說。「不過他們似乎裝了更堅固的門，我上次來的時候那裡裝的是玻璃門。」

「這對門看起來堅不可摧耶！」

「我們總得想辦法啊。走吧！」

然而，他們才剛跨出一步，整片球場就被泛光燈照亮了。

喀擦！

嗡嗡嗡嗡！

在那一剎那，小班被閃得頭昏眼花，只看得到一堵白光組成的牆。

然後，他聽到引擎發動的聲音。

隆隆隆隆隆隆隆隆隆隆隆隆隆！

那不是汽車引擎聲，而是割草機的引擎聲。小班恢復視力時，突然驚恐不已——有人坐在一臺巨大的割草機上，那臺機器比起割草機更像是**坦克車**。機器朝他們筆直開過來了！

小班和女王交換了個**無比害怕**的眼神！
他們隨時會和機器巨大的旋轉割草刀近距離接觸！
隆隆隆隆隆隆隆隆隆隆隆隆隆隆！

36

入侵者

「你是誰？」面對越來越近的巨大割草機，女王大聲問道。

隆隆隆隆隆隆隆隆隆！

小班看到割草機上面的牌子：**怪獸**。這不知道是指機器還是操作機器的人？

「我是球場管理員！你們怎麼可以入侵我的草坪！」男人大聲回嘴。他是個身材矮胖的禿頭男人，整個人看起來有點像巨人的大拇指。「你們知道有入侵者斗膽踩上我的草坪時，我都怎麼對付他們嗎？」

「不知道！」小班提高音量，壓過引擎聲說。「不過你好像馬上就要幫我們解惑了！」

「我會把他們連草一起割了！」

「這個人腦子壞掉了！」女王高呼。「我們快跑吧！」

可是他們不論往哪個方向跑，管理員都開著割草機追了過來。

隆隆隆隆隆隆隆隆隆隆隆隆隆隆隆隆！！！

「我知道了！」兩人邊在噴灑草地的噴水口之間跑來跑去，小班邊嘶聲說。「我們引誘他往鐵門的方向開好了！說不定可以一石二鳥！」

「好聰明！」

於是小班和女王朝鐵門跑去，怪獸也跟著開了過去。灑水器不停往管理員臉上噴水，害他看不清前面的狀況。

小班和女王跑到門前時，突然轉身面對管理員。

「我這就割了你們！」球場管理員邊喊邊擦掉眼前的水。

「現在！」小班大喊。

他和女王及時往旁邊一跳，讓怪獸直接撞上高高的鐵門。

框啷啷啷！

衝擊的力道太強了，球場管理員整個人飛了出去。

唯唯唯唯唯唯。

「啊啊啊啊啊！」

他摔在球門的網子裡。

「**你們別想逃！**」他大喊。可是他像卡在蜘蛛網上的蒼蠅一樣，全身動彈不得。

「看來你短時間內沒辦法來抓我們呢。」女王諷刺地說。

女王和小班衝進建築，跌跌撞撞地跑進足球史展場。

這地方可是足球迷的**夢幻聖地**，現場有：

明星球員的球衣

隊旗

著名球賽的照片

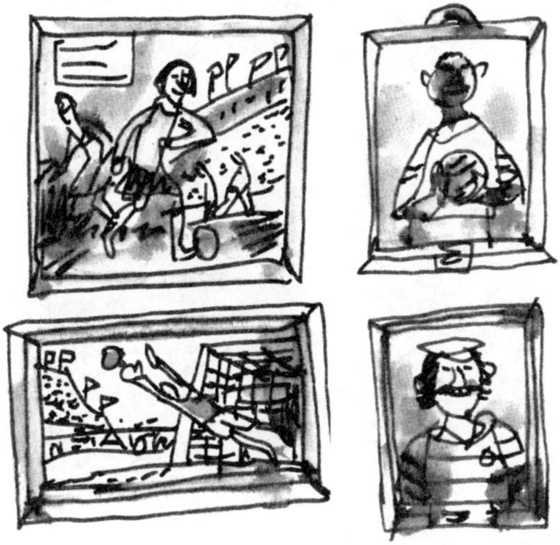

以前球賽的節目單

獎牌

獎盃

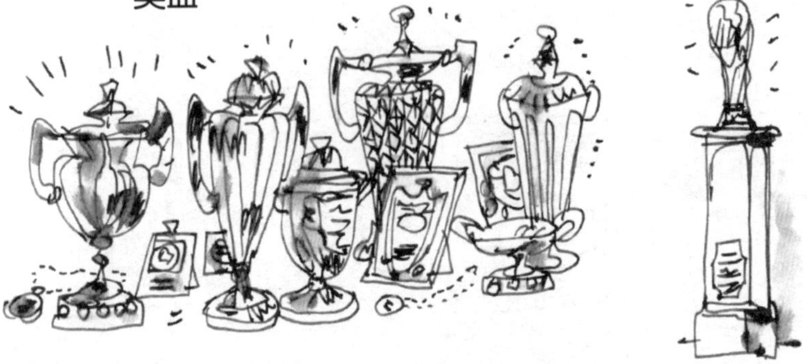

有簽名的足球

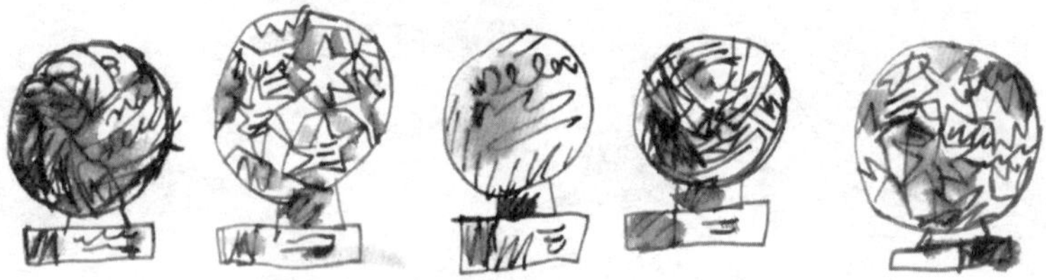

歷代足球鞋

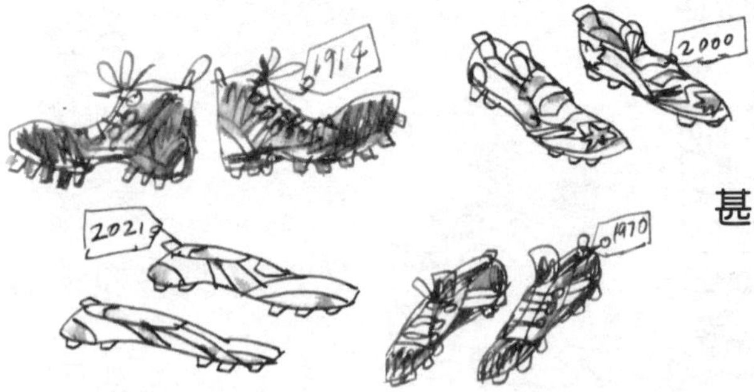

甚至還有一兩個
大吉祥物

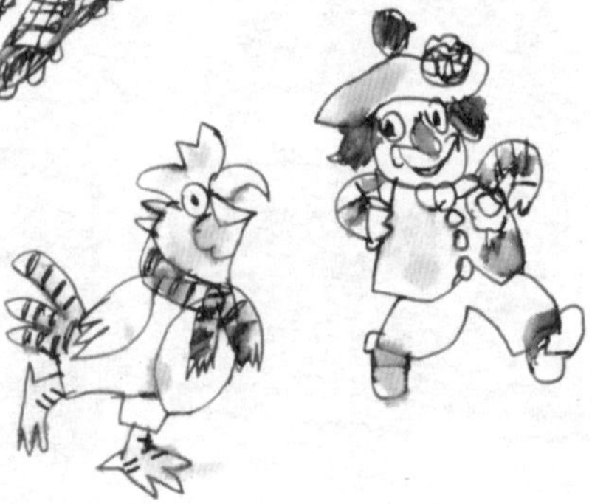

舊貼紙簿

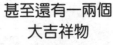

「陛下，妳是足球迷嗎？」小班問。

「我不是！」

「我也不是！看來我們沒辦法好好欣賞這些東西了！」

「基座到底在哪裡？」

「基座是誰啊？」小班問。

「就是放獎盃的基座啊！」

展示間中央有個空無一物的白色展示座。

「在那邊！」小班說。

女王看了世界盃最後一眼。「我們這段時間相處得很愉快呢。」說完，她親了獎盃一下，把它放上基座。

可是世界盃才剛放下，震耳欲聾的警報聲就響了起來。

嗚嗚嗚嗚嗚嗚嗚嗚嗚嗚嗚嗚嗚！

「是基座！」女王大叫。「這東西有裝警報器！我都忘了！」

「我們得**趕快**離開這裡！」小班催促道。

走廊另一頭出現好幾個人影，好像有十幾個警衛朝他們跑來。

咚！

咚！

咚！

他們的靴子踩著光滑的地板

跑了過來。

37

拉吉警官

小班和女王趕緊往反方向跑，又跑回足球場上，卻發現已經有另一批警衛在那邊等他們了。

「可惡，不要踩我的草皮啦！」球場管理員對他們大吼大叫，可是他到現在還卡在球門的網子裡。

在場十幾個警衛都沒有理他，比起照顧草皮，他們更想抓住這兩個小偷。

「我們沒辦法原路回去！」小班說。

女王上下打量怪獸，像在觀察駿馬。「想不想兜風啊？」她問。

「那是我們唯一的希望了！」

「上車！」

兩人手忙腳亂地爬上怪獸。女王不太會控制割草機，於是小班幫她發動引擎。

隆隆隆隆隆隆隆隆隆隆隆隆隆隆隆隆隆隆！

「謝謝你啦，小先生！」

她開始轉方向盤。

嘩嘩嘩嘩嘩嘩嘩⋯⋯。

巨大割草機開始旋轉。

吱嘎吱嘎吱嘎吱嘎吱嘎！

警衛紛紛退了開來，沒有人想被割草機絞成絞肉。既然前面沒有人擋路了，小班往看起來像逃生方向的方位一指。

「陛下，往那邊！」他在吵雜的引擎聲中大喊。

「我的怪獸！把我的怪獸還給我！」卡在網子裡的管理員哭喊。

「才不要！」女王大聲說，顯然玩得很開心。她操作機器往小班指的方向開。

怪獸撞破一對門。

砰！

然後又撞穿一對門！

砰砰砰！

又一對門！

砰砰砰砰砰砰砰！

它就這麼闖出了球場。

警衛全部都跟著跑過來。

咚！

咚！

咚！

小班和女王開著割草機繞到球場另一邊，看到拉吉

在警車旁邊等他們。拉吉看到警衛從四面八方湧來，決定來一場即興演出，

於是他快速戴上法克的警帽。

「你們怎麼可以偷別人的巨大割草機？我這就要**逮捕**你們！還不快上**我這輛聞起來有一點點像烤肉的警車！動作快！」**

小班和女王配合他演出，他們從怪獸上滑下來，垂著頭說：「警官拉吉，真是對不起！」

「你以爲道歉就能解決了嗎？」警官拉吉怒吼。**「我要把你們直接抓去監獄關！你們這輩子都別想出來了！」**

兩人坐上警車後座時，拉吉對所有警衛說：「真是謝謝各位，接下來就交給拉吉警官吧！」

「你真的是警察嗎？爲什麼穿**睡衣**？」一個膽子比較大的警衛問他。

其他警衛開始竊竊私語，他們也覺得拉吉的打扮很奇怪。

「我是在執行臥底機密任務，大部分時間都待在床上！」拉吉說完就跳上駕駛座，開車揚長而去。

咿咿咿咿咿咿咿咿咿咿咿咿咿咿咿咿咿咿……

38 陷阱

小班、拉吉和女王回想剛才的冒險，忍不住哈哈大笑。

「**哈！哈！哈！**我們成功了！」

他們還眞的成功了，把世界盃歸還到溫布利球場的任務圓滿完成了。現在，他們只要把圖坦卡門面具放回大英博物館，就能完全解決女王的煩惱了。

拉吉開警車開得不亦樂乎，他還開啓警笛和警燈，讓這一刻變得更戲劇化。

「**拉吉警官出動囉！**」他大聲說。

「好希望今晚永遠不要結束喔！」坐在後座的小班說。

「我也是！」女王說。「不過，它會永遠留存在我們心中的。」

沒過多久，警車就在大英博物館的入口停了下來。

博物館前面有巨大的石柱，看起來像是古希臘建築，但其實這間博物館只有大概三百年歷史，這三百年間發生過不少變化。博物館收藏各種古代藝術品和古董，非常適合展示圖坦卡門面具……應該說，在女王陛下決定成爲新的**神偷阿嬤**、把面具偷走以前，這裡的確很適合展示面具。

等到博物館警衛經過入口以後，莫名其妙三人組下了警車，女王在前面帶路，小班和拉吉搬著面具跟在後面。

「我們要怎麼進這間老建築啊？」拉吉氣喘吁吁地問。「這個面具比一整箱太妃糖還要重耶！」

「我上次是走倫敦大轟炸時期建的地道過來——」女王還沒說完，小班就跳出來插嘴。

「妳是指從這裡一路通到白金漢宮的地道嗎？」

「你怎麼知道？」

「我在圖書館查了一些關於博物館的資料。這個可是重大線索喔！有地道從妳家通往博物館——我早就該發現犯人是妳了！」

「但就是沒有人懷疑女王陛下。」女王得意洋洋地說。

「從現在開始，我一定會懷疑妳！」拉吉說。「我店裡如果有東西不見——哪怕只是一顆軟糖——我也一定會懷疑是陛下偷的！」

女王聽了莫名地愉悅。「**哈！哈！**」

「我好累喔，可不可以把這東西放下來啊！」拉吉抱怨。

「我也好累！」小班說。「陛下，妳之前是怎麼自己一個人把面具搬走的？」

「我是把它放在雪橇上，讓柯基像雪橇犬一樣拖著它離開的！」

「不愧是**神偷！**」小班說。

「拜託你們告訴我，我們是要怎麼進到博物館？」拉吉問。

「我不知道啊！如果要走地道的話，那還得回白金漢宮找地道入口呢！」

「乾脆把面具放在門口好了！」拉吉說。「等下警衛繞回來就會看到了。」

「要是被別人偷走怎麼辦！」小班說。

女王一推博物館正門，門就這麼開了。

哎呀呀呀呀呀！

「我的天啊！門竟然沒鎖！」她驚呼。「**跟我來**！」

小班和拉吉交換了個擔憂的眼神，這才跟著女王走進博物館。

室內毫無動靜，安靜到讓小班很不安。男孩總覺得情況不太對勁。

「有哪裡怪怪的。」他用氣聲說。

「會不會是他們忘記鎖門了？我有時候也會忘記！」拉吉小聲說。

「這裡可是大英博物館耶，他們怎麼可能忘記鎖門！這一定是陷阱！」

小班回道。

「我們趕快把面具放回去，趕快離開這個地方吧！」拉吉說。

寬闊的入口大廳迴響著他們的腳步聲。這間博物館收藏八百萬件文物，我們的主角們沒時間仔細參觀，但他們確實路過了從古代留存至今的貴重文物：

薩頓胡陪葬船頭盔

這頂青銅頭盔是一千多年前的古文物，當初是某位盎格魯薩克遜戰士或君王的陪葬品。這位戰士或君王葬在一艘大船裡，旁邊擺著許多陪葬的財寶。薩頓胡是薩福克某地區的地名，陪葬船就是在薩頓胡出土的。

魚池寶藏

一千多枚金幣與一四〇〇年代的珠寶首飾，是英國出土規模最大的中世紀錢幣收藏。

劉易斯棋子

這些是十二世紀的象棋棋子，用海象牙和鯨魚骨雕刻製成。

三人終於來到展示圖坦卡門面具的新展廳，這裡還擺著其他的古埃及寶物，包括：

羅塞塔石碑

石碑上有古埃及祭司刻下的象形文字。

法老頭像

這是一尊巨大的頭像，雕像主人是三千多年前的埃及法老王：阿蒙霍特普三世。這位法老戴著雙王冠，表示他同時統治了上埃及與下埃及。

貓咪木乃伊

除了人類木乃伊以外，博物館還展示了貓咪木乃伊，甚至還有古埃及的獵鷹木乃伊。古埃及人喜歡讓寵物陪葬，這樣主人去到死後世界時寵物可以陪在他們身邊。

「我搬不動這個老東西了！」拉吉氣喘吁吁地說。

「我也是！」小班說。

「我來幫忙吧！」女王說。她過來幫忙搬純金做的面具，想一起完成冒險的最後階段。「喔喔！好重啊！」

「我們不是剛剛就跟妳說了嗎！」拉吉哀聲說。

就在這時候，他們聽到十分耳熟的聲音。

「喵嗚！」

黑貓又出現了，這次牠直接坐在法老頭像上。

「那隻貓是怎麼從白金漢宮跑過來的？」女王問。

「這應該是別隻貓吧！」拉吉說。

「是同一隻！」小班說。他認得這隻貓咪，之前就是這隻貓一再出現、一再保護他。

「喵嗚！」牠又叫了一聲，聽起來像是在警告他們。

牠從頭像跳下來，扯了扯小班的公主裝裙襬。

「喵嗚！」

「牠跑到我腳旁邊了啦！」拉吉一面抱怨，一面試著用腳把貓弄開。

就在這時候，拉吉的背發出奇怪的聲音。

喀喀！

「嗚嗚！」他痛呼。「我的背！我撐不住了！」

小班和女王撐起面具的重量，然後把它放回防彈玻璃展示箱裡面。

「嗚嗚嗚！我的背又出問題了！我得坐下來休息！」拉吉到處找椅子坐。

「喵嗚！」貓咪警告道。

「抱歉了，拉吉！貓咪好像有什麼事情想告訴我們，我們先離開這裡再說！**動作快！**」小班說。「我扶你吧！」

「我也來幫忙！」女王跟著說。

兩人用肩膀撐起拉吉的兩條手臂，幫忙支撐他的重量，兩人合力扶著腳步蹣跚的英雄走出大展示廳，速度比蝸牛還慢。貓咪跟著他們走了出來。

「站住！」法老頭像後面，傳出一聲大喝。

第四部

一決勝負

39

老人家的復仇！

「是、是、是誰？」小班害怕得全身發抖，出聲問道。

一個人從陰影踏到燈光下，碰了下平底帽對他們打招呼。

貓咪一直喵喵叫，一定就是因爲這個人！

「**喵嗚！**」貓咪又叫了一聲，像是在說：「我就說吧。」牠像黑豹一樣悄悄溜走，消失在博物館的黑暗中。

「**是我，帕克先生！**我是**守望相助計畫**下托德分部親切友善的部長！」男人說。「我這就要身爲**公民**逮捕你們！」

話才剛說完，他的老人軍團紛紛從藏身處走出來，聚集在他身邊。

女王第一次露出驚恐的表情。

「逮捕我們？憑什麼？」拉吉抗議。「你是嫌我在店裡賣已經被人含過的糖果嗎——！」

「並不是！」帕克先生罵道。「但我們會把這件事列入你的罪狀的！小班，我從一開始就知道你是超級罪犯了！問題是，你為什麼要打扮成公主？還有，這個老太太為什麼要打扮成龍蝦？」

「這不重要啦！你們是怎麼進來的？」小班問。

「我妹妹——帕克小姐——是大英博物館的志工，所以有一把鑰匙。我們是從拉吉書報攤一路跟蹤你們過來的……我們從之前就開始監視拉吉書報攤了！」

「躲在樹叢裡的東西果真是你！」小班驚呼。

「帕克先生，你該不會看到我穿內褲在店裡跳舞了吧？」拉吉擔憂地問。

「我真的很想忘掉那個畫面，可是已經來不及了。好了，你們老實回答我的問題：這個穿著龍蝦裝的共犯是什麼人？」

「晚安啊！」女王低著頭打招呼。「我是拉吉的母親，拉吉太太！」

「我聽過妳的聲音！」帕克小姐說。

「我也聽過！」帕克先生說。

「我沒聽過！」小班說。

「我也沒聽過！」拉吉跟著說。「這絕對不是**女王陛下**的聲音！」

小班和女王盯著他。不會吧，他居然說溜嘴了！

「糟糕！」拉吉說。

「**女王陛下！**」帕克先生靠近一步，想看得清楚一點。「真的是妳嗎？」

「沒錯！」女王回答。「真的是我！」

面對國家元首，帕克先生和**守望相助計畫**的其他人都下意識地跪了下來。

「我們趕快逃走吧！」小班說。

「不行，事情恐怕已經敗露了。」女王說。

「犯錯的人是我！」小班急著保護新朋友，跳出來大聲說。「你們放過女王吧！」

老太太看著男孩，露出驕傲的笑容。「小班，應該由我來承擔責任才對。」

「我同意！」拉吉附和道。

「是我偷了圖坦卡門面具和世界盃，而且若不是這個勇敢的年輕人阻止我，我還會把**王室御寶**也偷走呢。」

女王摸摸小班的頭，小班露出大大的笑容。

「可是、可是、可是……」帕克先生語無倫次了。「女王陛下爲什麼要把她自己的王室御寶偷走呢？」

「爲了**刺激**啊！」

「爲了**刺激**嗎，陛下？」帕克小姐一頭霧水地問。

「從我出生開始，這一輩子都是走在別人安排好的路上，我相信很多人的人生都是這樣。我花了一輩子對別人

微笑和揮手，可是我想叛逆一回！我想做些瘋狂的事！」

「陛下，**瘋狂**是一回事，可是這已經**超瘋超狂**[7]了！」帕克先生說。

「所以我才玩得這麼盡興啊！可是現在，我的冒險結束了。**逮捕我吧**！」女王邊說邊伸出雙手，彷彿要讓帕克先生幫她扣上手銬。

「**陛下**，我怎麼能逮捕妳呢！」帕克先生說。

「**我**可以！」人群後面一個一臉凶悍的老太太說。「把她抓去關，把鑰匙丟掉！」

「溫特小姐！別激動！」帕克先生說。「陛下，真抱歉，她好像激動過頭了。」

「那帕克先生，你覺得我們該怎麼辦呢？」女王問。

「陛下，我不知道。這些事情該怎麼對其他人解釋才好？」

「我想到辦法了！」小班得意地說。

「請說。」女王對他說。

「我們讓帕克先生跟他的狐群狗黨——」

「團體！」帕克先生糾正他。「**守望相助計畫**是社區團體！你怎麼把我們說得好像一群街頭混混一樣！」

「我們把歸還圖坦卡門面具的功勞給帕克先生的團體，好不好？」

「願聞其詳！」帕克先生說，眼睛興奮地發亮。

「他可以說是他們團體好不容易找到小偷集團，在一場**英勇**的奮戰過後小偷跑走了，不過帕克先生努力把面具搶了回來，世界上最珍貴的寶物之一終於失而復得。」

「嗯嗯，小子，我喜歡你的想法！」帕克先生同意道。「然後為了感謝我們，白金漢宮當然要邀請我們去喝茶吃麵包了。」

「希望你們能早日來訪！」女王說。

老人家贊同地交頭接耳。

---

7 請立刻查閱**《威廉大辭典》**。

「喔！我想喝一杯好茶！」

「還有吃蛋糕！」

「親愛的，我想吃檸檬糖霜蛋糕！」

「我不能吃杏仁蛋白，吃了就會起疹子！」

「到時候會有司康和果醬嗎？」

「拜託不要讓我吃覆盆莓果醬！覆盆莓的小籽籽每次都會塞牙縫！」

「我禮拜三都會去橋牌社，不要約禮拜三。」

「白金漢宮嗎？希望到時候可以和女王見面！」

「把她關進牢裡，把鑰匙丟掉！」

好吧，**幾乎**所有人都贊同。

「我還有幾句話想說。」女王接著說。「帕克先生和狐群狗黨——不對，是帕克先生的**團體**——和其他類似的團體，其實是這個國家的**骨幹**。英國需要你們這樣的老人家對抗犯罪，守護我們的大街小巷！」

帕克先生聽了熱淚盈眶，小班忍不住翻了個白眼。

「綜上所述，帕克先生，我想封你爲**爵士**！」

「什麼？」拉吉驚呼。「太不公平了！」

帕克先生脫下帽子跪了下來，激動到哭了起來。

「嗚！嗚！嗚！這是我這輩子最幸福的一天！」他淚流滿面地說。

「我想也是！」拉吉諷刺地說。

「能不能請誰去拿一把劍過來？」女王問。

「陛下，別急著殺他啊。」拉吉說。

「不是，不是啦！傻瓜，我是要幫他**加爵**用的！」

「我去拿！」帕克先生說完就一躍而起，在大英博物館裡跑來跑去找劍。他很快就帶著一把劍回來了，那看起來像是古羅馬人用的劍。

「啊！」女王驚呼。「竟然是提貝里烏斯的劍！」

她從鍍金劍鞘裡拔出鐵劍，拿在手裡欣賞了一下。

「那個人是妳朋友嗎？」拉吉問。

「那怎麼可能！他早在兩千年前就死了！」女王說。

帕克先生像隻等著吃零食的寵物似地跪在女王腳邊。「**我準備好了！**」

「你對**守望相助計畫**下托德分部貢獻良多，」女王開口說，「所以我在此封你為**雞婆帕克爵士！**」

帕克先生開心得要命，看起來像是會被喜悅的泡泡帶著飄走。

「喔！謝謝，謝謝，謝謝陛下！」他邊高呼邊親吻龍蝦裝的兩隻腳。

「請別再對我卑躬屈膝了！」女王罵道。「我最討厭別人這樣了！」

帕克先生趕緊用膝蓋撐起身體，連連親吻女王的手。

「退下！你怎麼跟我的柯基一樣！」

「真的很抱歉，**陛下**！」

「好了，」女王說，「我是很想穿著溼答答的龍蝦裝，站在這裡讓陌生人親我的手腳，但是我們真的**該走了**！」

「那當然了，**尊貴高尚的女王陛下**。」

「我們離開以後，你們就可以報警了，到時候我們一起在皇宮喝茶吃麵包吧！」

說完，女王、小班和拉吉就這麼**消失了**。

40

假人

「你們兩個怎麼愁眉苦臉的？」負責開車的女王問。她說得沒錯，小班和拉吉的確愁眉苦臉的。

「妳怎麼可以那樣！」小班哀聲說。

「我怎麼可以怎樣？」

「封帕克先生當**爵士**啊！以後我們只能天天聽他炫耀了！」拉吉跟著說。

漫長的夜晚即將結束，太陽快要出來了，結霜的道路沐浴在耀眼的橘光下。

「黎明了！」女王高呼。「是時候回家睡覺了！」

「**喔！**」小班突然想到一件事，忍不住大叫一聲。

女王被他嚇一大跳，猛地一轉方向盤，警車甩尾開道馬路的另一邊。

嘰嘰嘰嘰嘰嘎嘎嘎嘎嘎！

警車差點撞上馬路對面開著警笛和警燈駛來的一批警車。

轟隆隆隆隆！

嗚——！嗚——！嗚——！嗚——！

車隊想必在前往大英博物館的路上。

「怎麼了？」女王說。

「我差點忘了，我們還沒消除最後一道線索！陛下，妳和竊盜案的關係還沒完全切斷！」

「什麼線索？」她問道。

「妳的蠟像啊！」

「原來如此！」她回答。「我也忘了有這回事！」

「什麼蠟像？」拉吉問。

「女王把她的蠟像放在阿爾伯特音樂廳，假裝是她自己！」小班回答。

「說得**沒錯**，年輕人。」女王說。「我們得立刻把它還給杜莎夫人蠟像館！」

警車急轉彎後開往皇家阿爾伯特音樂廳，女王用駕駛賽車的技術開車，三人很快就到了。

嘰嘰嘰嘰嘰嘎嘎嘎嘎嘎！

小班、拉吉和女王從音樂廳後門溜進去，穿上掛在掛鉤上的咖啡色外套，假扮成清潔工。小班昨晚大鬧舞蹈比賽的時候把音樂廳弄得一團亂，所以有些人忙著打掃會場，而會場內到處都是警察圍的警戒線，王室包廂也被圍起來了。女王有王室包廂的鑰匙，他們開門走進去，看到蠟像還端端正正地坐在女王擺放的位子時，三人都鬆了口氣。他們搬起蠟像，扛著它走原路快速離開。

現在，警車裡有**兩個**女王：真正的女王坐在駕駛座，女王的蠟像坐在副駕駛座。

小班和拉吉覺得這個畫面眞的很詭異，因爲蠟像栩栩如生，看起來比女王更像是女王呢！

警車尖響著在杜莎夫人蠟像館門外停了下來。

嘰嘰嘰嘰嘎嘎嘎嘎！

蠟像館正準備開門，已經有很多觀光客在門口排隊了。小班等人必須在蠟像館擠滿遊客以前，趕快把蠟像放回原位。

「搬我的時候記得小心點！」女王罵道。她看著小班和拉吉吃力地想辦法把蠟像從警車裡拖出來，假人頭撞了車頂一下。

咚！

「**很痛耶！**」眞正的女王痛呼一聲。

「妳本人不可能會痛吧！」小班說。

「又不是撞到妳的頭！」拉吉說。

「這是一種原則啊！那麼，我們要怎麼把我弄進去？絕對不能讓其他人發現那是我。」她指著蠟像說。

「那我們假裝這是**眞人**好了！」小班提議。

「我想到好主意了！」負責搬假人腳的拉吉高呼一聲。他把假人的裙子掀起來，蓋住假人頭。

咻！

這麼一來，別人就看不到假人的臉了，但絕對看得到它的國旗內褲！

「這樣就沒有人知道是妳了！我眞是是以爲是啊！」拉吉說。

「是『自以爲是』啦，拉吉！而且這個成語不是這樣用的！」小班說。

「不行！不行！不行！」女王罵道。「這怎麼可以！這樣我的……『那個』不就被看到了嗎？眞是的，我連那個字都說不出來了！」

「內褲嗎？」小班調皮地說。

「褲褲？」拉吉提出。

「小褲褲？」

「胖次？」

「小內內？」

女王打斷他們。「你們兩個眞是無禮！還小內內呢！我下次參加國會開幕大典的時候，一定要跟大家分享這個說法……我們先把它稱作……『**不可說**』好了。」

「好喔。」拉吉說。「那陛下，我們要怎麼把假人的臉遮住？」

「這不是假人，是蠟像！怎麼把臉遮住我都無所謂，可是不能把我的**不可說**露出來。請隨時隨地保持對我的禮貌！」

「禮貌是很好沒錯，可是我們到底要怎麼進博物館？」小班問。

「我上次是從地鐵系統溜進去的。我有自己的私人地鐵列車。」女王回答。

「不愧是女王！」小班笑著說。「不過我們現在沒時間搞得那麼複雜了，蠟像館就快開門了！我們只能插隊闖進去了！」

「英國人都會乖乖排隊的。」女王評論道。

「喔？妳這輩子有排過隊嗎？」

女王裝出思考的樣子，然後毫不意外地，她回答：「**沒有**。」

「那好啊，我們直接闖進去吧！」小班說。

男孩舉著假人的頭，拉吉舉著它的腳，兩個人看起來像在抬屍體。

「抱歉抱歉！」他對排隊等候的人說。「請借過！這位太太剛才排隊排到昏倒了！」

這招非常有效，人海很快就讓出一條路了。小班他們把假人舉到頭上，擠到了隊伍最前面，在蠟像館開門的同時擠到門口。

「請出示入場票！」門口高壯的警衛說。

小班認得她，小班之前找到**拼字遊戲**字母的時候，就是被這個警衛撞見了！

「這位太太昏倒了！」小班用比較高的聲音說話，假裝自己是女生。「我們得找個地方讓她坐下來！」

警衛一臉懷疑地打量這個小公主。「小姐，我好像在哪裡看過妳。」

「我這輩子從來沒來過這裡！」小班高聲回答。

「還有，她的裙子怎麼會蓋在臉上？」警衛拉下蠟像的裙子說。假人的臉露出來時，警衛驚呼：「她長得和女王一模一樣！」

這時候她看到眞正的女王，驚訝得後退兩步。「龍蝦女士，妳也長得跟女王一樣！」她仔細看著女王的臉說。「等一下！這不是被偷的蠟像嗎！情況好像不對勁！

我要報警了！」

41

有點陰森

「怎麼辦？」小班驚慌地問。

「快跑啊！」拉吉說。

他們慌張地轉向，結果女王蠟像的頭撞上了警衛的頭。

咚！

這個意外發生得眞巧，警衛直接被敲暈了，她**碰咚**一聲摔倒在地上。

「快把我放回去，然後趕快離開！」女王嘶聲說。

三人（加上假人就是四個人了）衝進蠟像館。

「往這邊！」女王高聲說。

他們經過流行歌星、影星、體育明星等人的蠟像，終於找到擺設和皇宮很像的豪華展示間。十幾尊王室成員的蠟像驕傲地站在展示間裡，身上穿著華貴的衣服。

「妳的放哪裡？」拉吉問。

「我就在最前排的中間！」女王得意地說。

小班和拉吉把假人放在位子上。

「啊，我回來了！真好！」女王滿意地嘆一口氣。

然後她看看自己溼答答的龍蝦裝，又看看假人身上的衣服。「好想跟它交換衣服喔！」

「沒時間了！」小班說。「我聽到遊客進來的聲音了！」

果不其然，走廊傳來遊客興奮的交談聲。

「我會動作快的！兩位紳士，請轉過去，不可以偷看！」

拉吉和小班照做了，沒過多久他們就聽到女王說：「可以轉回來了！」

女王換上了假人的禮服，假人則穿著龍蝦裝。

女王看上去就是貨真價實的**女王**。

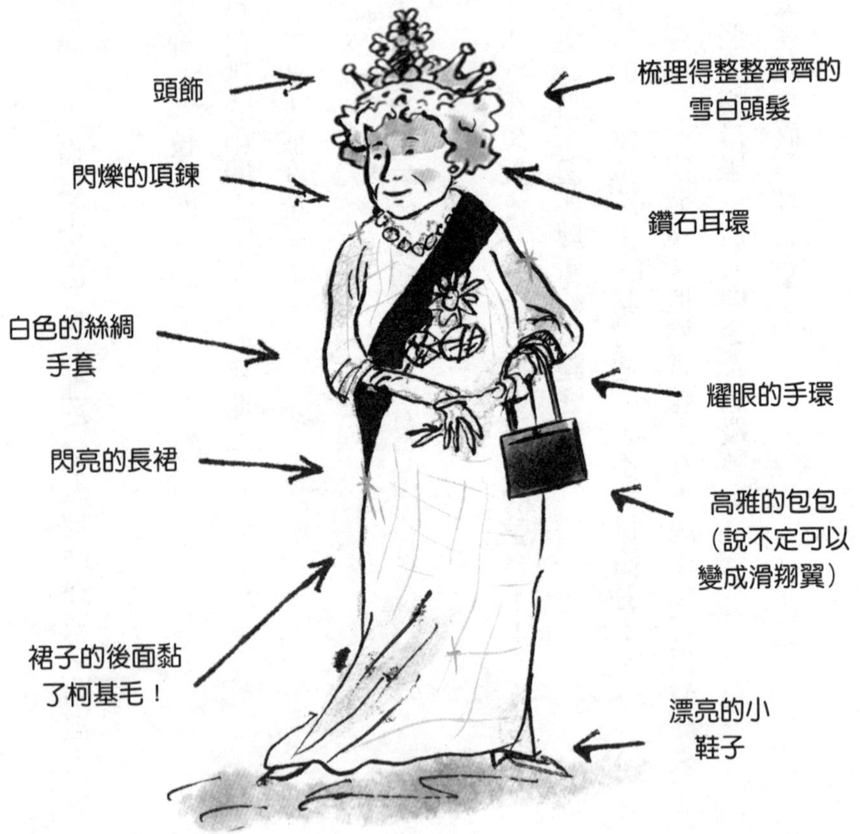
頭飾
梳理得整整齊齊的
雪白頭髮
閃爍的項鍊
鑽石耳環
白色的絲綢
手套
耀眼的手環
閃亮的長裙
高雅的包包
（說不定可以
變成滑翔翼）
裙子的後面黏
了柯基毛！
漂亮的小
鞋子

「真的好快喔！」小班說。

「要玩這種遊戲，當然必須學會快速穿脫衣服囉！」

「我的天啊！」拉吉說。「我的龍蝦裝竟然會穿在杜莎夫人的蠟像身上！對了，陛下，妳看起來真的很像……」

「**女王**？」女王提出。

「對耶！很像**女王**！」

「不過，我其實滿喜歡穿龍蝦裝的。」

「我也覺得妳很適合龍蝦裝！」拉吉微笑著說。「我可以用優惠價賣一套新的給妳！」

訪客的交談聲越來越近、越來越近了。

「我們快走！」小班催促道。

三人跑向出口，可是才剛過轉角他們就看到三個美國遊客走過來。

「糟糕！」女王驚呼。「這下怎麼辦？」

「假裝妳是蠟像！」小班提議。

「什麼？」女王結結巴巴地說。

「我們負責說話，妳站著不動就好！」

女王難得聽話照做了，她**動也不動地**站著，甚至沒有眨眼睛。沒過多久，那三個美國遊客就走過來了，她們是三個穿著雨衣、牛仔褲、球鞋和「我愛USA」T恤的胖女人。

「哇！」其中一個人說。「是英格蘭的**女王陛下**耶！快幫我拍照，等我回家一定要給親朋好友看！」

「我也要！」

「**還有我！**」

三個人聚在「假人」周圍。

「先生，能拜託你幫我們拍照嗎？」一個人問拉吉。

「我很樂意呢，女士！」拉吉接過相機說。「來，說『起司』！」

「**起司！**」

喀擦！

「她怎麼看起來比眞人還要老！」一個女人說。

「而且比較矮！」另一個人說。

「而且比較重！」第三個人說。

女王剛剛還咬著嘴脣，現在她終於忍無可忍了。「妳們好大的膽子！」她怒喝。

三個美國人驚恐地往後跳。

「啊啊啊！」

「救命！」

「它活起來了！」

「呃……女士們，請別害怕！」小班說。「我們是蠟像館的工作人員，這是最新型的蠟像，它會說話喔！」

「它眞的很逼眞耶！」

「太逼眞了！」

「有點陰森！」

「這尊蠟像現在還在測試中。機器人女王，我們走吧！」他說。
他和拉吉匆匆帶著女王走下走廊。
「眞是沒禮貌的機器人！」其中一個美國人說。
女王突然轉過來，對她們吐舌頭。
「呸呸呸呸呸呸呸呸！」

42
了不起的神偷

「妳好好笑喔！」三人開車穿過倫敦時，小班開口說。

「不然你以爲我是什麼樣的人？」女王邊開車邊問。

「我還以爲妳會很高傲，還會瞧不起我跟拉吉。」

「我們不都是人嗎？」

「也是呢。」小班說。

「不管我們的出身高低，其實大家都是一樣的。」

「但妳是**女王**耶！」

「是沒錯，不過我和英國所有的老太太一樣。我愛狗，喜歡偶爾喝一杯琴酒，也愛看《**群星尬舞擂臺**》。」

「該不會所有的老太太都愛看《群星尬舞擂臺》吧？」坐在後座的拉吉問。

「應該是喔，這可是法律規定的呢。我特別喜歡那個可愛的法拉法拉里！」

「不會吧！」小班高呼。「怎麼連妳也這樣！」

「誰叫他長得那麼好看！」

小班和拉吉互看一眼，然後裝出嘔吐的樣子。

「嘔嘔嘔嘔嘔！」

女王被他們逗樂了。「哈！哈！哈！」

不久後，他們回到了拉吉書報攤。

叮！

「不不不不不不不不不不不不不不不不不不不！」他們開門進去時，拉吉大聲哭喊。

小班還是第一次看到他這麼憤怒的樣子。店裡一片狼藉，地板上布滿了糖果包裝。

他們把法克警官一個人丟在店裡，結果在這一個晚上的時間，警員差不多把店裡所有的食物都吃光光了。小班他們進到店裡時，法克居然在啃肥皂！

啃啃啃啃啃！

已經沒有東西可以吃了！

「給我啦！」拉吉一把搶過被啃掉一半的肥皂。

「這個是肥皂，不能吃啦！」

「難怪它的味道這麼奇怪！」法克回道。「我有好好看守這間店，沒有讓任何人進來偷東西！」

「多虧了你，店裡已經沒有東西給人偷了！」

「大家都冷靜一點，好不好？」女王命令。「時間不早了！法克，麻煩你開車送我回皇宮。」

「我很樂意，陛下！」他回答。「我去發動車子。」女王把車鑰匙拿到他面前晃了晃，法克警官接過鑰匙走了出去。「我吃了不少過期的東西。」他邊走出門邊說。

「**给我滚！**」拉吉大吼。

叮！

皮西法克還是第一次用這麼快的速度移動。

「陛下，看來我們得道別了。」小班說。

「是啊。」女王回答。「今晚是我這輩子最**刺激**的一晚，這都是你的功勞喔，小班！」

「這也是我這輩子最刺激的一晚。對了，我和阿嬤出門的那一晚也很刺激。」

「是啊，要不是因爲你阿嬤，我們也不可能見面，這一切也不可能發生了。」

「她最棒了。」

「我知道。」

「我真的好愛她喔！」小班說。一滴眼淚滾下他的臉頰。

女王抱住他，他們默默相擁片刻。

「你還是愛她，而且會永遠愛著她。她去世的時候，你就像是在暴風雨中行走一樣，但雨勢會隨時間減緩的。我跟你保證，總有一天會雨過天青的。」

「可是我永遠不會忘記阿嬤的！」小班說。

「當然不會了，她會**永遠**陪在你身邊的。」

就在這時候，有毛茸茸的東西擦過小班的腿——是黑ㄉ貓的尾巴！

「**呼嚕呼嚕！**」

「是黑ㄉ貓耶！」男孩說。

「很抱歉，」拉吉說，「寵物不准進店裡！」

小班張開雙手，貓咪馬上跳到他懷裡。「別擔心，我會帶她回家的。」

「呼嚕呼嚕！」

貓咪輕輕舔掉小班臉上一滴眼淚。

「拉吉先生，我打從心底感謝你。」女王說。「真抱歉，是我害你的糖果被法克吃光了。」

「沒關係的，陛下。」

「我會送一大籃皇家甜品過來，你可以拿來賣。我送一些皇家土地的蜂蜜、果醬和餅乾之類的甜食過來好了。」

拉吉整張臉都亮了起來。「謝謝陛下！」

「拉吉先生，你真是**大好人**。沒有你幫忙的話，我們根本不可能完成任務的！」

拉吉垂下頭，親了她的手一下。

「姆嘛！」

「再見囉，兩位。我會想念你們的。」

叮！

小班和拉吉看著女王走向警車，她命令法克坐到副駕駛座，然後自己坐上駕駛座。女王最後用王室特別的方式揮了揮手，然後用力踩下油門……

咻咻咻咻咻咻咻咻咻咻咻咻咻咻咻咻咻咻咻咻咻！

……就這麼消失在了遠方。

「**真是了不起的女人！**」拉吉說。

「而且是了不起的**神偷！**」小班跟著說。「我來幫你打掃店面吧。」

「喔！小班，你眞的好善良，但是我自己來就好了。你爸媽現在應該很擔心你吧，你趕快回家好了。」

「他們一定**超級生氣**。」

「不會的，他們看到你平安回家，一定會很高興。小班，你爸媽雖然不太會表達，但他們還是很愛你的。而且，你還得把家庭最新的成員介紹給他們認識呢——這隻流浪貓很明顯需要一個家，對不對啊！」

「也對，那我們就等著看接下來會發生什麼事囉！」小班抱著貓咪說。

「再見了，拉吉！」

「有沒有興趣買貓飼料啊？我可以特價賣你喔！」

「我還是先回家好了！」

「啊，算了！貓飼料也被法克吃光了！」

「**哈！哈！**」小班哈哈大笑。

就在男孩走到店門口時，他看到門外一個人影，那是個帶著平底帽的人！

叮！

男人得意洋洋、大搖大擺地走進店裡。

「早安啊，兩位！」他對拉吉說。

「我訂的早報來了嗎？我的名字是……帕克先生……不對，應該是……**帕克先生爵士**！」

「**喔喔喔**不不不不不不不不不不不不不！」

小班跟拉吉哭喊。

43 老爸老媽三明治

小班回到家時，彎腰掀起門口的《群星尬舞擂臺》踏墊，踏墊下面藏了一把鑰匙。把鑰匙藏在這裡真的非常明智，絕對不會有小偷想到要檢查踏墊下面有沒有鑰匙的！

他才剛把鑰匙插進門鎖，就聽到屋子裡傳出聲音。

「小班！」

「小班！」

老爸老媽大聲喊著他的名字，他們是不是很火大？

男孩打開前門，這才發現爸媽都淚流滿面。

「**喔！我的小班班！**」老媽哭著緊緊抱住他不放。

「我們一直擔心你是不是出事了！」

老爸跟著說。他從後面抱過來，組成老爸老媽三明治。

「真的很對不起！」小班說。

「你這一整晚都去哪裡了？」老媽問。

「這個……呃……我……呃……」

「快說啊！」老爸催促道。

「呃，我覺得自己在舞蹈大賽上的表現害你們丟臉了，所以一直不敢回家。」

這不完全是謊話，他只是「不小心」漏掉自己整晚和拉吉還有**女王陛下**開著警車在倫敦到處跑這些小細節而已。

「**不敢回家！**」老媽重複道，整個人泣不成聲。「小班，如果少了你，這個家就不是家了。」

「你是我們世界的中心啊！」老爸也說。

「我還以爲**交際舞**才是你們世界的中心。」

老爸老媽互看一眼，一時不確定該說什麼才好。

「應該說，**交際舞**在中心的邊邊！」老媽說。

「說得眞好！」老爸同意道。

「可是小班，你爲什麼要打扮成公主？」老媽問。「這是新的舞衣嗎？」她滿懷希望地問。

「不是！」小班堅決地說。「我只是沒有乾衣服可以穿，不得不穿公主裝而已。」

「喵嗚！」地上傳來貓叫聲。

「這是誰家的貓啊？」老媽問。

「我們家的。」小班說話的同時，貓咪跳到他懷裡，蹭了蹭他的脖子。

「牠叫什麼名字？」老爸問。

小班想了想。「GG。」

「吉吉嗎？」老媽問。

「不是，是字母『G』。」

「GG是縮寫嗎？」

「對！」小班說。

「是什麼的縮寫？」

「我以後再跟你們講！」

「好**神祕**喔！」老媽說。「好了，快點進屋吧。」

「兒子，你回來了我真的好開心。」老爸說。

「我也是。」小班回答。然後，他們

全家人

一起回到了家裡。

44

女王的演講

一個多星期過後就是聖誕節了，赫伯一家和貓咪GG——小班都偷偷叫她**神偷阿嬤**（Gangsta Granny）——一起坐下來看女王的聖誕節演講。今年，他們家多了一個客人……是小班提議邀愛德娜來一起過節的。老太太沒有小孩或是孫子，自己一個人住在老人之家，所以小班一家邀請她來過節的時候，她欣然答應了。

聖誕晚餐過後，大家都吃得很撐，一起

癱在沙發上看女王的演講。雖然隔著電視螢幕，小班再次看到女王的時候還是紅了臉。今年的演講才剛開始，女王眼裡就閃爍著**淘氣**的精光。

國歌樂聲逐漸淡去，女王穿著之前從蠟像身上換下來的華麗禮服，在白金漢宮的宴會廳對全國發表演說。

「又一年結束了，聖誕節是回顧與反思的時節。」她說道。「我近來回顧了自己的人生，也反思了一番。沒有人能長生不死，所以你如果有**想做的事**，那就應該**去做**。如果你想**成爲**和現在不同的人，那就該去努力。別再等待了，現在行動吧。不久前，我經歷了此生最**刺激**的一夜。」

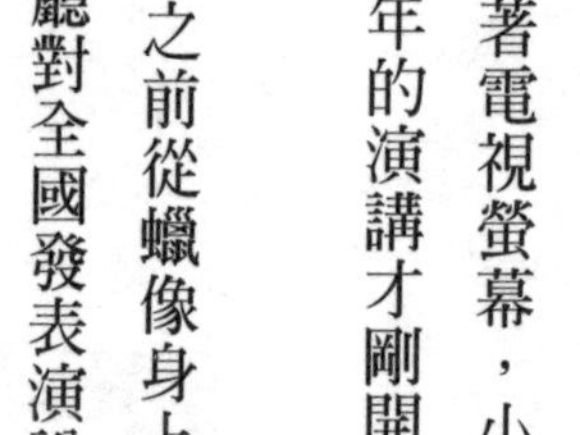

坐在沙發上的小班吞了口口水，黑貓竊笑了起來。

「嘶嘶！嘶嘶！嘶嘶！」

「那是我**永遠**忘不了的美好夜晚。我們這一生能做的就是追尋夢想，否則就只是在浪費時間而已。說到這個，我每個星期六晚上都會準時收看《群

星尬舞擂臺》，我其實一直很希望他們能邀請我參加比賽，但可惜一直沒有人邀請我。爲什麼呢？我也不曉得，是不是因爲我太老了？還是我不夠有名？我不管，反正我現在就要給全國一份聖誕禮物——我要在這裡跳一段**交際舞**。我的舞伴是不久前剛把屁屁摔壞，好不容易才出院的**《群星尬舞擂臺》**小帥哥：法拉法拉里！」

「我的女王啊！」老媽驚呼。

法拉法拉里跳著恰恰舞步來到女王面前，一把將她從座位上拉起來，兩個人臉頰貼著臉頰跳起舞來。

看到朋友這麼**開心**的樣子，小班心裡非常高興。這位老太太就是想好好玩一場嘛，誰能怪她呢？

「請奏樂！」女王命令。

一支打扮整齊的銅管軍樂隊出現

在螢幕上，開始演奏歡樂版〈天佑女王〉。法拉帶著女王在白金漢宮舞廳轉來轉去，他們的舞蹈有**戲劇**元素、有**喜劇**元素，還非常魔幻。他們跳著跳著，法拉甚至把女王高高撐到頭頂，開始轉圈。大家都沒看過女王這麼愉快的樣子，真是**美好**的畫面啊！

女王在法拉的臂彎結束了舞蹈，小班、老媽、老爸和愛德娜都跳起來瘋狂鼓掌！就連貓咪GG也讚賞地拍了幾下腳爪。

一小段時間後，小班和愛德娜在廚房裡洗碗，老爸老媽則在沙發上睡著了。電視上在播《群星尬舞擂臺》的聖誕特別節目。

「呼——！呼——！呼——！呼——！」他們大聲打呼。老爸老媽剛才吃太飽、喝太多，結果錯過了整個節目。

「我在想啊。」愛德娜開口說。

「想什麼？」小班邊說邊把醬料碟交給她擦乾。

「聽到女王說的話，看到她做的事情以後，我不禁開始思考。」

「女王的表演真的好酷喔！」

「從我丈夫死後，我就一直渴望刺激。」

「是嗎？」

「所以我在想，你要不要和我一起去**冒險**？」

「什麼樣的**冒險**？」

「這個啊，我最近一直看到圖坦卡門面具和世界盃失竊的新聞。」

「然後呢？」小班問。他擔心自己的祕密曝光。

「被偷的東西後來不是物歸原主了嗎？沒有任何損失呢！這感覺是**超棒**的惡作劇！」

「妳該不會想——？」

「沒錯，我就是想。小班，就算只有一晚也好，我想成爲**神偷**。」

「跟我來！」小班說。

男孩帶著老太太來到車庫，**黑貓**也跟了過來。

「**哇！**」愛德娜驚嘆道。「她好美！」

「這是阿嬤以前的電動代步車，名字叫**米莉森**。」

「她看起來和以前好不一樣喔！」愛德娜驚呼。

「我把她稍微改裝了一下，她現在比較有**神偷**的氣質了！要不要一起去兜風？」

「好啊！」愛德娜跳上駕駛座說。

小班跳到代步車後座，GG則跳進籃子裡。

「我們要去哪裡呢？」愛德娜問。

「去追尋妳的**夢想**！」

「哈！哈！」愛德娜笑了起來，然後一腳踩下油門。「**米莉森**，我們走！**飆車**去囉！」

噗噗噗噗噗噗噗噗噗噗噗噗～。

「**我們又來囉！**」

小班高呼。

他們消失在黑夜裡，

朝下一場**冒險**疾駛而去。

故事結束了……吧？

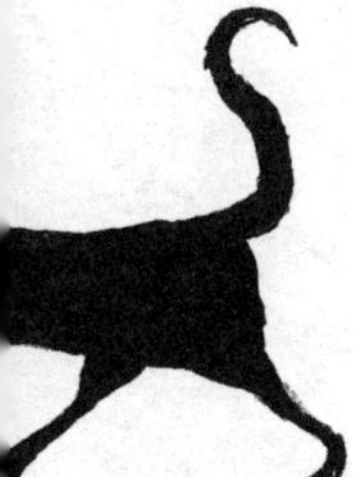

351 神偷阿嬤再次出擊！ Gangsta Granny Strikes Again!

如果你喜歡這本書，
那可以回到故事的起點，
再讀一次……

神偷阿嬤

這位是小班的阿嬤。
她和一般的阿嬤差不多：
身上總是有甘藍菜的味道。
袖子裡塞了用過的衛生紙。
還有……她可是國際珠寶神偷喔！

「威廉在這本寶貴的書中揉合了笑料與溫馨的主題。」——《每日郵報》

「威廉筆下的喜劇總是帶有真摯、深切的情感。」——《衛報》

David Walliams
大衛・威廉幽默成長小說

《臭臭先生》
定價：250 元

蔻洛伊在學校沒有朋友，還遭受霸凌，在家也不得媽媽的疼愛。某天蔻洛伊鼓起勇氣和街友臭臭先生成為朋友，但媽媽為了競選國會議員，提出把街友趕出社區的政見，使得蔻洛伊可能失去唯一的一位朋友。

於是蔻洛伊決定幫臭臭先生找一個「家」！沒想到此舉意外引發記者與輿論關注，而蔻洛伊也在這之中開始發現臭臭先生不凡的身世，這位臭臭先生，將為蔻洛伊一家帶來什麼樣的改變呢？

《小鬼富翁》
定價：250 元

小喬是全世界最富有的小孩，爸爸靠賣捲筒衛生紙就非常非常有錢。小喬擁有一切，享盡榮華。可是他想要和普通小朋友一樣過平凡的生活，從炫富私校轉學到公立學校，以為能夠過著開心的平凡生活。

當他發現他的第一個朋友——巴布，總是被欺負時，想要用錢來解決問題的小喬，卻不懂為何巴布會氣得跟他絕交。而後更發現小喬心儀的女孩，竟是爸爸花錢請來的。當富有身分曝光後，頓時間全校的孩子都想來跟小喬當朋友，他的心中充滿難過與憤怒……

《巫婆牙醫》
定價：320 元

阿飛最討厭看牙醫了，最後一次看牙醫是六歲時，鑽牙機的刺耳聲嘎嘎作響、拔牙鉗摩擦牙齒的感覺非常可怕。就算滿口牙齒黃黃黑黑也覺得沒關係，班上很多同學都跟他一樣。

學校來了一位新牙醫——露特女士，用糖果當作獎勵，大家都開心極了！但奇怪的事情接二連三的在夜晚發生，大家把掉下來的牙齒放在枕頭下祈求獲得硬幣，隔天早上醒來時，枕頭下方卻是數百隻不斷鑽動的蟲子在爬行！

邪惡正在悄悄蔓延，露特女士似乎不只是普通的牙醫……

David Walliams

大衛・威廉幽默成長小說

《午夜幫》

定價：350 元

一場板球比賽的意外，讓湯姆住進了范爺醫院頂樓的兒童病房，以爲可以逃離討厭的學校生活，殊不知這間醫院卻是另一場噩夢：長相嚇人的搬運工、完全不可靠的菜鳥醫生、非常討厭小孩的兒童病房管理人梅春、同病房的其他孩子還在午夜裡鬼鬼祟祟策畫什麼詭計！

加入這個帶給孩童歡樂的午夜幫，湯姆開始期待和新朋友們的每晚探險，但是午夜幫的大膽行動，讓全醫院上下都開始盯著他們的一舉一動。爲了實現朋友的夢想，午夜幫必須躲過層層監視，並運用他們的智慧化解隨時會出現的難關。但在一次意外驅使下，午夜幫面臨解散的危機?! 他們又該如何信守與朋友間的承諾呢？

《壞心姑媽》

定價：380 元

年輕女爵和壞心姑媽鬥智鬥勇，稀奇古怪的招式百出，偌大的爵士宅邸裡正上演一場遺產保衛戰！

史黛拉的悲慘命運就從失去父母的那一刻開始，薩克斯比大宅是父母留給她的家產。還來不及撫平傷痛，唯一的親人阿伯塔姑媽卻開始覬覦她的家產，一樁又一樁離奇的事件接連發生。

《冰原怪獸》

定價：390 元

故事發生於 1899 年的倫敦。流浪於倫敦街頭的孤兒愛爾西聽說了發現冰原怪獸的消息，雖然不識字，但她從報攤上的照片上看到了他的樣子，而且即將抵達倫敦的自然史博物館！

愛爾西偷溜進博物館後，發現這隻萬年長毛象滴了一滴淚，於是愛爾西決定和博物館的清潔工達蒂一同展開救援行動！她們和躲藏在地下室的博士用雷擊復活了長毛象，並踏上僅有一次的冒險旅程，各方英雄紛紛加入這場百年前最偉大的歷險。

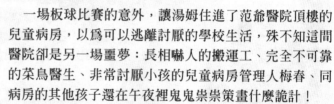

David Walliams

大衛・威廉幽默成長小說

《鼠來堡》

定價：320 元

柔伊有個非常懶惰的繼母－吸辣，繼母的興趣就是整日坐在沙發上看電視吃洋芋片，任何家務都由年紀還小的柔伊包辦，而柔伊平時還得面對在學校遭田娜霸凌的麻煩日子。

寵物鼠阿米蒂奇是平撫柔伊悲慘人生的唯一慰藉，但是校門口賣漢堡的伯特卻對阿米蒂奇心懷不軌。

某天阿米蒂奇被抓走了，柔伊聽到伯特與她繼母之間的對話，阿米蒂奇恐慘遭不測，她一定要去救牠！

《瞪西毛怪》

定價：320 元

溫先生與溫太太是世上最溫和的父母，但他們的女兒淘淘卻恰恰相反，爲了滿足女兒的需求，每天都手忙腳亂。儘管她想要的東西都有了，卻還不夠，遠遠不夠！現在，這女孩，還要一個「瞪西」！

父母爲了寶貝女兒，哪怕是探訪圖書館的神祕地窖，鑽研那本會自己活蹦亂跳的古老的怪物百科，深入最深幽最暗黑最叢林的熱帶叢林，穿過歐洲大陸，跨越非洲，只爲了將淘淘想要的「瞪西」給帶回家！

但當瞪西的炸彈式登場後，又即將引爆出一個無敵瘋狂又離奇的荒誕故事。

《皇家魔獸》

定價：390 元

距今一百年的 2120 年，世界皆已籠罩在黑暗之下。艾弗列是英國的王子，他已十二歲，但是打從出生以來就沒有離開過白金漢宮，也從沒有見過白日的陽光。

在這樣的黑暗世界中，英國倫敦遭遇前所未有的革命反叛，倫敦之眼傾倒，聖保羅教堂被燒毀，戒嚴之下，誰都不準外出。在這樣的肅殺氣氛之中，艾弗列的母后被皇家侍衛強行無禮地拖到塔頂去，就連父王也已變得兩眼無神，行屍走肉。

他躡手躡腳地跑竄整個白金漢宮，他想要知道眞相，卻意外發現國王的貼身忠僕護國公操控著國王的一切……原來是護國公利用巫術，奪取皇家的血脈，想將國王的獸寵雕像們賦予生命，統治世界！

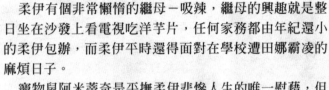

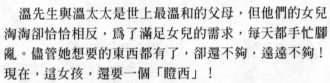